徳間文庫

花咲家の人々

村山早紀

徳間書店

目次

『ちいさな女の子は、花園《はなぞの》のなかで目がさめて、にこにこしていました。夜のあいだに、テーブルのまわりにスイセンがさいていたのです。かけぶとんはツルニチニチソウでおおわれていました。じゅうたんの上には、カラスムギが波《なみ》をうっていました。それから、チトが心をこめてつくった、すばらしいバラの花が、たえまなく変化《へんか》し、葉《は》をひらいたり芽《め》をふいたり、まくらにそって、ベッドのあたまにはいのぼっていました。女の子はもう天井《てんじょう》をみつめてはいませんでした。うっとりと花をながめていました。』

～『みどりのゆび』モーリス・ドリュオン作　安東次男訳　より

黄昏時《たそがれどき》に花束を

風早駅前商店街《かざはや》の、その立派なアーケードのいちばん奥の辺り。昔の戦争のあと、焼け跡からいち早く復活したいくつかの店の、その中でも特に古い店は、長い歴史を持つお花屋さんでした。その名を千草苑《せんそうえん》といいます。その昔はたくさんの従業員を抱え、大がかりな造園の仕事までも請け負っていた時期もある大きな花屋でしたが、いまは仕事を縮小、花束や鉢物《はちもの》などを売り、なじみの家の庭を手入れする程度の仕事をしています。店の一部を使って品の良いカフェも経営していました。花と光があふれる店内で営業されるその店の名はカフェ千草《ちぐさ》。街の住民たちに人気の洒落《しゃれ》たお店でした。

戦後、ほぼ骨組みしか残らなかった状態から建て直された大きな店舗は、和洋折衷のレトロな雰囲気を持つ天井の高い木造の洋館です。明治時代に設計され建てられたその建物を元の通りに復元したものでした。この風早の駅前の辺りの店舗には、もともと歴史のある建物が多く、一部再開発された辺りに超高層のビルやホテルは建っているものの、昔ながらの街の姿も、住民たちの手によって、大切に保存されているのでした。なので、この千草苑のように、後を継いだ子孫の手によって、いにしえの、平和だった頃の姿に復元された建物もいくつかあるのでした。

遠い昔、敗戦間近の八月にこの街を焼いた大きな空襲の炎で、千草苑は、建物を包み咲き誇っていた見事な木香薔薇《もっこうばら》や蔓《つる》薔薇、庭の金木犀《きんもくせい》とともに燃えあがりました。――そのとき、炎に追われ逃げ惑う街の人々の中に、不思議な光景を見たひとがいたといいます。まるで洋館を守ろうとするかのように、薔薇の枝と花が揺れ、金木犀の枝が伸び、大きな翼のように建物を包み込み、火からかばっていたのだと。だから、木造の洋館は、その家に住んでいた人々、逃げ遅れた家族を奇跡のように守り抜くことができたのだと。

どこか魔法じみたその日の奇跡を、この街の人々が目撃しても、不思議だ炎の中の幻だ、錯覚だと思わなかったのは、この風早の街が古くから魔法じみた出来事や伝説が多い街だったから。そして、洋館の主である花咲《はなさき》家の人々が、遠い昔から、当たり前の人とはどこか違うとささやかれる、畏怖の対象だったからでした。

この家の人々は魔法を使うと、先祖は神仙やあやかしの血を引くものやも知れぬと、恐れられ、敬《うやま》われていた、千草苑と呼ばれる建物は、そんな一族の住まう屋敷だったのですから。

それももう昔のこと。いまは平成の時代。

焼け跡の名残《なごり》はもはやかけらもなく、戦後明るく華やかに復活し、栄えている街の、その復元された洋館に、いまも一族のゆかりの人々は暮らし、花を売っています。そしてあの日、館を猛火から守ろうとしたという薔薇たちに金木犀は、焼け残った根から復活し、いまも花屋の建物の壁を覆い、庭に立ち、光や星のように花を咲かせ、良い香りをさせているのでした。

さて、その千草苑の、ある晴れた日の朝。

金木犀の花が香り、秋の薔薇たちが負けじと香り高く咲き誇る、そんな朝のことです。

店の裏手にある、大きな家の一階の、居間。緑に包まれた広い中庭とガラスの温室、小さな花の畑に面した部屋なのですが、そこに、高い声が響き渡りました。

「ちょっと、桂《けい》。あんたまたほうれん草残してる」

セーラー服の上にエプロンを着けた少女は、この家の次女、高校生のりら子です。桜色の唇をとがらせると、乱暴な勢いで茶色いふわりとした髪とプリーツスカートをなびかせて、ばさりと座布団に膝をつき、弟と目の高さを合わせて、にらみました。

「それ高いバター使ってバター炒めにしたのよ？　あんたがほうれん草食べないから、ネットで方法を考えて、高いけど美味しいっていうカルピスバターの情報に行き着いて」

「だって……だって」

小学生の弟の名前は桂。この家の末っ子です。もう高学年なのにどこか幼い感じがする、華奢な優しい感じの少年でした。うつむいた目の先の、ほうれん草のバター炒めが山盛りに盛られたお皿には、目玉焼きとソーセージが置かれていたらしい痕跡《こんせき》がありました。そちらはきれいに食べられているのですが、ほうれん草の方はおそらく最初に盛りつけられた形のまま、冷たくなっていました。

茶色い猫っ毛の髪をふるわせるようにして、少年はさらにうつむきます。明るい色の目には薄く涙がにじんでいます。

「だって……」

緊迫した雰囲気とは無関係に、のほほんとした少し昔の流行歌が、縁側に置かれた古いラジオから流れていました。地元のFM局、FM風早の朝の番組が流れているのでした。ラジオのそばでは見事な大鉢に入ったアジアンタムと玉羊歯《たましだ》が緑の葉を朝の風にそよがせています。

「だってじゃないわよ。あんたどうして、そんなにほうれん草が嫌いなのさ？　ほうれん草が親の敵《かたき》だとでもいうの？」

「だって……怖いんだもん」

「怖いって何が？　ほうれん草が？」

「だって、血みたいな味がするんだもん」

「血？　ほうれん草になんで血の味が」

いいかけて、りら子は思い当たりました。ひょっとして、鉄分を血の味に感じてる？

「栄養の味だよ。怖くないってば。そもそもほうれん草は流血しないし、たたるわけでもないし。血みたいな味がしたってさ、そんな味くらいどうってことないでしょ？」

「だって、怖いよ。気持ち悪いよ」

そのとき、まるでタイミングでも計っていたかのように、ラジオから怖い感じの不協和音が流れました。澄んだ声のアナウンサーが、うたうように話します。

『……ここで今日の放送の予告とかしちゃいますね。夕方四時からのおなじみの番組、「トワイライト・ブーケ」木曜日の今日は駅前中央商店街のサテライトスタジオからのオンエアになりますが、本日のテーマは「ちょっと不思議な物語」ということで、リスナーの皆さんから、不思議なお話を募集しています。メールにファックス、Twitter、お好きな方法で、お話聞かせてくださいね』

昔からいる人気アナウンサー、野々原《ののはら》桜子《さくらこ》さんの声でした。月曜日から金曜日まで、七時から九時までの『モーニング・ウイング』。ニュースと街の話題と交通情報をはじめとする各種情報が、音楽に乗って流れるように語られる、この時間は彼女の番組なのでした。

花咲家の人々はラジオが好きで、一日中空気のように、ラジオを鳴らしていたりします。なので朝はいつも、この番組がＢＧＭなのでした。桜子さんの声は言葉を続けます。

『ちょっと不思議な物語、というのは、たとえば、みなさんが出会った小さな奇跡や、魔法めいた出来事、不思議だなあ、と思ったこととか、そういうお話が聞きたいな、ということのようですよ。番組担当のパーソナリティー、茉莉亜《まりあ》さんの発案です。わたしも楽しみにしています。そういうお話、好きなんですよねえ。茉莉亜さんがいうには、怖い話なんかも大歓迎なんだそうですよ』

ふふふ、とラジオの声は笑い、番組はコマーシャルになりました。

「……『ちょっと不思議な物語』って、なんでまたそんなテーマを」

しばしラジオの声に耳を傾けていたりら子はそうつぶやくと、また弟の方に向き直りました。

「非論理的なことといってないで、さっさと食べなさい。遅刻するよ。まったくもう、ひとがせっかく忙しい朝に、愛を込めて作った朝食だっていうのに」

ちゃぶ台を叩く勢いでつめよるりら子に、桂は怯えたような表情であとずさります。

と、奥の台所から、珠暖簾《たまのれん》を揺らしながら、この家の長女、りら子と十、年が離れた姉の茉莉亜が微笑みを浮かべて、静かに姿を現しました。手に持ったお皿には小さなフォークを刺したかわいらしい肉団子がころころと並んでいます。優しいふんわりした色の薄緑色のソースがかかっています。

ああ、横のコンロで何か美味しそうなものを作っていたのはこれなのか、と、りら子は思いました。茉莉亜はいつもこの家でいちばんに早起きですが、今日はさらに早く起きて、台所でなにやら楽しそうに下ごしらえをしていたのを、目の端で見ていました。

「何それ美味しそう。……ていうかお姉ちゃん」

「なあに？」

「今日の番組のテーマ、なんであんなのにしたの？『ちょっと不思議な物語』だなんて」

「え？　何か変かしら？」

「変っていうか、いまどき非科学的じゃない？」

夕方の番組のパーソナリティーは、首をかしげてゆったり微笑む、この茉莉亜でした。

茉莉亜が歩いてくるとともに、台所の方から、かすかにコーヒーの香りの風も漂ってきたのは、ちょうど台所のサイフォンでコーヒーができあがったところだからでした。茉莉亜は器用な祖父、そして母親譲りの腕で、コーヒーを入れるのがそれはそれは上手。まだ若いのに、カフェ千草の経営者でもありました。

「りらちゃんたら、夢がないこといわないの」

優しい声で、茉莉亜はいいました。そして、食べかけのお皿を前に、小さくなっている桂を見て、もういいじゃない、といいました。

「ね、りらちゃん。嫌いなものを無理に桂くんに食べさせなくたっていいじゃない。食べたくないものはしょうがないわ。誰だって、どうしても苦手なものはあるわよ」

「だってお姉ちゃん。この子、五年生なのにこんなに細くてちっちゃいのよ？　きっと、栄養がたりてないのよ。好き嫌いは直しておかなくちゃ」

「そういうりらちゃんだって、小さい頃は野菜が食べられなかった時期があるでしょ」

「え。そんなことないよ」

「わたし覚えてるもの。母さんに、どうしてカリフラワー食べないの、ってきかれて、『生きてるみたいな形してるからやだ』って、りらちゃん、答えてたっけ」

「…………」

茉莉亜は絵のような微笑みを弟に向けて、優しい白い手でお皿をちゃぶ台に置き、

「ほうれん草のバター炒め、お姉ちゃん好物だからわたしにちょうだいな。あ、あのね、かわりにね、桂くん、ちょっとお願いがあるの」

「なあに？」

「今日お姉ちゃん、夕方にラジオの日だから、早めに夕食のお総菜作ったんだけど、この肉団子、お味見してくれないかなあ。塩味濃くしすぎちゃったみたいな気がするの」

千草苑の広い店内には、FM風早のサテライトスタジオもあります。今年の春から、週に一度、木曜日にそのスタジオで夕方のリクエスト番組がオンエアされているのですが、その曜日、その時間のメインパーソナリティーは茉莉亜でした。

この茉莉亜、高校時代に全国放送コンクールで優勝した美しい声の持ち主で、その上に容姿も優れコミュニケーション能力にも長《た》けていたので、その当時から地元の放送局その他で各種バイトを経験していました。卒業後は東京に出てキー局のアナウンサーになるか、あるいは女優かタレントにでも、などと街で噂《うわさ》されたものでしたが、そのまま家に残り、数年の喫茶店修業の後に、カフェを始めたのでした。

去年の冬、千草苑の中にサテライトスタジオができたことをきっかけに、ちょっと番組に出てしゃべってみませんかということになり、一回きりのはずの出演が二回になり三回になり。何回も続くうちに、週に一度とはいえ、パーソナリティーとして出演することになったのでした。FM風早としては、もっと出番を増やしたいらしく、いっそ契約社員、のちのちは社員にでも、という声までかけてきたのですが、茉莉亜の方でこれ以上忙しくなると家のことが出来ませんので残念ですが、と、断ったのでした。

身を縮ませていた桂は、ぱあっと輝いた笑顔を見せて、茉莉亜が差し出したお皿をのぞき込みます。

「うわあ、きれい。それにすごくいい匂い」

「こないだラジオのお総菜の時間で、『とっておきの肉団子フランス風』を作ったでしょ。それ作ってみたの。生クリーム風味のグリーンピースとミントのソース、ちょっと甘い感じで、良く出来たとは思うんだけど、肉団子本体の味付けの方がね、自信なくって」

ため息をつき、首をかしげてみせる姉に、桂は、「ううん、きっと美味しいよ」と、うなずいてみせ、ぱくっとその、薄緑色のソースがかかった肉団子を口に入れました。

「うん、やっぱり美味しい。茉莉亜お姉ちゃんはほんとうに料理が上手だねえ。塩辛いなんてこと、ぜんぜんないよ」

「ほんとう?」

「うん」

「よかったあ」

両手を合わせて微笑む茉莉亜の、その表情は美しく、りら子は、弟の態度のあまりの違いに最初はけっと思っていたのですが、ああもう、と苦笑したのでした。

「美味しそう。わたしも一個ちょうだい」

りら子が手を伸ばすと、

「あ、だめ」

白い手が、ぱんと手の甲を打ちました。

「なんでよ？」

「あんまり数がないんだもん」

さっさと皿を手に立ち上がる、その姉の後を追って、りら子は自分も台所にいきました。

「いいじゃないよう、ひとつくらい……」

ころころとふたりで珠暖簾を鳴らしながら、板敷きの古い台所に入っていきます。大きなドラセナとゴムの木の鉢のそばにあるテーブルにお皿を置き、手早くラップを巻きながら、茉莉亜は振り返りました。小さな声で、

「これ、桂くん向け特別仕様の、ほうれん草強化バージョンの肉団子なのよ」

「え？　あ、それでソースの色がそこはかとなく緑色なのか」

ほうれん草入りのソースだったようです。

「そういうこと。ミントの香りでわからなくなってるでしょうけどね。ソースだけじゃなく、肉団子にもフードプロセッサーにかけたほうれん草が、たっくさん入ってるのよ。実に一束。こちらもレバーとバターの香りにごまかされてわからなくなってると思う。

あ、冷蔵庫のカルピスバター使ったから。いいバターだけど、もうあんな高いもの買ってきちゃだめよ？　破産しちゃうわ」

「はーい」

返事しながら、いつのまにかひとつ手にしていた肉団子をりら子はぱくりと食べて、

「美味しい」

「りらちゃんたら、お行儀悪い」

茉莉亜はお皿を冷蔵庫にいれながら、きれいな眉をひそめてみせます。

「あら、親切でお味見してあげようと思ったのに。塩味、ちょうどいいと思うよ？」

「あたりまえでしょ。このわたしが作った料理ですもの」

「あれ？　さっき、塩味が自信ないみたいなことといってなかったっけ？」

「嘘《うそ》よ」

にっこりと茉莉亜は微笑みました。

「桂くん、優しい子だから、ああいえば食べるでしょ？　嘘も方便、ホワイト・ライ。かわいい我が家の末っ子に栄養豊富なほうれん草を食べさせるためなら、愛をもって多少の嘘くらい許されるわよ、ねえ？」

「ねえ、って」

「りらちゃんいい子だけど、あんなやり方じゃストレートすぎて。でもおかげであの子に肉団子食べさせやすくなって助かったわ」

薄く目を細めて、茉莉亜は笑います。

りら子は、わずかにあとずさりました。

「お姉ちゃん、ときどき怖いよ」

「そう？」

姉の笑顔はほんとうに絵のように優しげで完璧で。りら子は、この街の人々が、花屋の看板娘にして、カフェの経営者、ときどきラジオのパーソナリティーの姉のことを、天使だ女神だ、いや聖母様だと噂することを思うと、ああ何も知らないで、と思うのでした。このひとの笑顔は確かに美しく、りら子はこの姉のことが好きですけれど、でも、天使は嘘も方便だのホワイト・ライだのなんて言葉は使わないだろうとも思うのです。

そしてりら子はふと思い出します。この姉は、怖い話が好きでした。上品な顔と雰囲気に似合わず、怪奇小説とホラー映画を愛好しています。今日のラジオのテーマだって、「ちょっと不思議な物語」なんてものを募集するのは、実のところ、街の怖い話を集めて楽しく紹介したいだけなのかもしれません。

「ねえ、お姉ちゃん」

「なに？」

「桂も、いい加減お姉ちゃんがどんな人間かわかりつつあるんじゃないかと思うんだけど」

そういう自分も茉莉亜の性格の底知れなさには驚くことがあるわけですが、単純で夢見がちな弟の桂には、姉の本性が想像もついていないだろうと思います。

「男の子ってああいうものよ」

「そうなの？」

「うん。いくつになってもね」

涼しい笑顔に、りら子は、異世界に生きる生き物を見るような思いがして、軽くため息をつきました。この姉は、だてに子どもの頃から男の子たちのアイドルで女王様だったわけではないというかなんというか……。

ふと、茉莉亜が静かな声でいいました。

「りらちゃん。野菜って、たしかに怖いわよね。だってわたしたちは『この家の人間』だから」

笑顔のままで。透き通った、何もかも見通すようなまなざしで。

「緑のものは、どうしたって食べるときにいろいろ考えちゃうこともあるでしょう？

特に子どものうちはね、どうしても」

うん、まあ、と、りら子は口ごもりました。

「あの子は特に、わたしやあなたよりも繊細で、優しいところがあるから」

「うん。ああ、そうだね」

光が満ちた台所には、緑があふれています。この家は、店も家をとりまく庭も、すべてが緑に覆われていました。たとえばこの台所にも、ドラセナやゴムの木の他に、大きなモンステラの鉢があり、色とりどりの花が咲くプランターがあり、ポトスや折鶴蘭《おりづるらん》や、かわいらしい観葉植物たちが、棚や床のあちこちに置かれているのです。

この家は、まるで、緑の波に包まれ、そのてのひらにくるまれて、優しく守られているような家なのでした。

「……あのさ、お姉ちゃん」

「なに？」

「ときどき、お姉ちゃんにはかなわないって思う、わたし」

「ありがとう。嬉しいわ」

「だてにわたしより十歳も年取ってるわけじゃないんだね」

「年齢のことはいわないで」

茉莉亜は笑顔のまま、ふと思いついたように、壁の時計を見上げて、奥の部屋の方へときしむ床を踏んでいきます。

「父さん、もう七時半になるわよ」

奥の部屋には、上の階へ続く木の階段があります。階段の上の方から、

「ほーい」と返事が返ってきました。

「もうそんな時間か。ありがとう」

茉莉亜とりら子、桂の父親、草太郎《そうたろう》さんが、長身をかがめるようにしながら、ぎしぎしと狭い階段を降りてきました。二階は渡り廊下で店の二階へとつながっています。そこには広々としたホールのような部屋が一つありました。二階へ上がる階段は、店舗の中から伸びる豪華な螺旋《らせん》階段と、この家族しか使わない小さな階段の二つがあります。こちらは背が高い草太郎さんには、若干不便な作りなのでした。

袖まくりしていた白いシャツを元通りに伸ばしながら、草太郎さんは、昔の映画スターに似ているとたまにいわれる優雅な微笑みを浮かべ、お洒落な丸いめがねをかけ直しながら、子どもたちにおはようといいました。

「天体望遠鏡の準備、だいぶはかどったよ。急がないとね。もう秋の流星群の時期だから」

二階の広い畳敷きの部屋には、このお父さんが趣味で置いている天体望遠鏡や望遠鏡、顕微鏡に化石に何かの結晶たち、そしてたくさんの本が並んでいました。子どもの頃から少しずつ集めてきた草太郎さんの宝物です。いまは町内の子どもたちを集め、天体観測会や勉強会を開くときに使われるのでした。二階は、洋館いっぱいの広さのある部屋で、大きな大きなテーブルがありました。そこで街の子どもたちは遊んだり、たまにとっくみあいの喧嘩《けんか》をしたりもするのでした。まあ大体、そこに行くまでの間に、りら子あたりにやめなさいと頭をはたかれるのですが。

この草太郎さんは、私立の大きな植物園、風早植物園の広報部長でした。理系全般に強くて知識が豊富なお父さんです。植物学で博士号まで持っています。院を卒業するかしないかの頃に最愛のひとと出会い、そのひとと結婚した時期が早かったので、大きな子どもがいます。その上に、見た目も性格も若いので、家族で歩いていると、きょうだいだと思われることもあるくらいでした。

「そうだ、茉莉亜。FM風早の桜子さんによろしく伝えておいてね。再来週末に、植物園に取材に来てもらうことになってるんだ。日曜の、ほらリクエスト番組の中のUstreamのコーナーで、秋の植物の話をするんだよ。秋咲きの薔薇をメインに、花壇のクロッカスやサフラン、それにコスモスあたりを紹介しようと思ってる。今年は特にみんなきれいに咲きそろいそうなんだよ」

「ああ、現場から中継する時間？」

ここ数年は、ラジオ番組も、インターネットで同時に映像を中継しながらオンエアすることが多くなっています。野々原桜子さんは、一流のディレクターでプロデューサーでもありました。元は売れっ子アナウンサーでしたが、最近はディレクターを兼任するようになっていました。年を重ねて偉いひとになった、ということもあるのですが、ここのところ、地方のFM局はどこも経営状態が良くないそうで、一時期よりだいぶひとが減った、そのせいでもあるのだそうでした。ひとりでいくつもの仕事をするのです。

桜子さんというそのひとは、もともとカフェ千草の常連でもあったので、りら子や花咲家の人々は、そのひとに好感を持っていました。りら子は特に子どもの頃からそのひとの声のファンで、ラジオ番組にリクエストのメールを送ったりもしていたので、そのひとが仕事でもうちにくることになって嬉しかったものです。賢くて美人で優しくて、でもちょっと不思議なところがあるひとで、幽霊を見た話なんかをたまに聞かせてくれました。

草太郎さんはあごに手をやって、ふっと笑いました。

「また、ぼくの美貌《びぼう》が全世界に中継されちゃうな。これ以上ファンが増えると、天国の母さんが妬《や》くんじゃないかな？」

「うん……まあ」

　りら子ははは、と笑いました。

「Ustreamだと見た目だけ配信されるからいいね。父さん植物のこと話してるときは、すごいいい男だもん。そういうとき限定だけど」

「そうね」

　と、茉莉亜も笑いました。

「ネットやラジオだと加齢臭は流れないし」

「え？」

「え？」

　一瞬、黒い発言が聞こえた気がして、りら子と草太郎さんは振り返りましたけれど、茉莉亜はいつもの通りに天使のような微笑みを浮かべてそこにいたので、ふたりとも何か聞き間違えたのだろうと思いました。

　草太郎さんは、戸棚から自分のコーヒーカップを取り出すと、白い湯気をたてるできたてのコーヒーをつぎました。りら子が自分の分のカップを差し出すと、ついでにつぎます。

　笑顔でいいました。

「まあ、たまには妬かせるのもいいか。そしたら天国から帰ってきてくれるかもしれないからな」

丸いめがねの奥の優しい目が、仏間の方を見つめました。そちらに、広い中庭と花の畑を見下ろす場所に、花をいっぱいに飾った仏壇があります。そこにはもう十年も前に亡くなったこの家のお母さん優音《ゆの》さんの、笑顔の写真が飾ってあるのでした。元が病弱だったので、ある年の秋になんてことはない風邪をこじらせて亡くなってしまったのでした。あまり長く生きられないだろうといわれて育ってきたというひとなので、それもあってお父さんは結婚を急いだのだと、この家の子どもたちは聞かされてきました。家庭が不幸でずっとひとりで生きてきたという、その優しいひとに、少しでも長く、幸せな思い出や記憶を、プレゼントしてあげるために。

でもやはりそのひとは早くに亡くなってしまいました。でも自分の愛する子どもたちを三人も残したこと、家族を何度も何度もその腕で抱きしめたこと、そのことを幸せだったと、お母さんは最後に何度もそういって、この世界と別れたのでした。

りら子は、そのひとが病んで亡くなったとき、まだ五歳。幼稚園児でした。けれど、居間に敷かれた白い布団に、そのひとが横たわっている姿を、いまも覚えています。

あれも秋。十月の、いま時分のことでした。

昼下がり。ガラス越しの空は銀色に曇っていて、たまに空から光のはしごが降りてきていました。あのときりら子は幼稚園から帰ってきたばかり。肩から四角い鞄《かばん》を提げたままで、居間にぺたりと座っていたのを覚えています。そう、あの日は帰ってきたらお母さんが死んでいそうな気がして、幼稚園バスから降りたあと、不安で家に、お母さんが寝ていた部屋に駆け戻ってきた、そんな記憶があります。

でもお母さんは生きていて、布団からゆっくりと体を起こし、両手を広げて迎えてくれました。ふわりとかすかな薔薇の花の香水の香りがしました。あれはオンブル・ローズ。お母さんがいつもつけていた香りでした。

枕元に座り込み、そのままわあわあと泣いてしまった自分を抱き寄せ、髪を何度もなでてくれた、その温かい腕の感触を、耳元でささやいた声を、いまも覚えています。

そして、中庭からの光に照らされ、涙ににじんで光って見えた、明るい笑顔も。

『りらちゃん。覚えていて。母さんはとても幸せだったのよ。不幸で、悲しくて、死んでいくわけじゃない。幸せで幸せで、いい人生だった、ってそう思って死ぬの。だから、母さんはかわいそうだったって思わないで。母さんのために悲しまないでほしいの』

その言葉はまだりら子には難しく、でも、いいたい思いは伝わってきたので、りら子は泣きながら何度もうなずいたのでした。

お母さんは、ぎゅうっとりら子を胸元に抱きしめて、明るい声でいいました。

『母さんはね、父さんやみんながいてくれたから、幸せになれた。世界一、幸せな人間になれたの。だからもうなあんにもいらない』

ふふ、と、どこかうたうように、お母さんはいいました。でも、熱で熱い体の、その胸元から伝わってくる思いが、言葉とはまるで違っていて、悲しそうで寂しそうで、ほんとうは身を切られるように悲しんでいるんだな、と、りら子にはわかりました。それほどに抱きしめる腕の力は強く、明るい笑顔でも、目には熱い涙が流れていたからです。

そのひとは長い髪をなびかせて、その顔を振り仰ぎ、自分の涙を振り払うようにして、そしてりら子を見つめていいました。

『約束してね。母さんのために悲しまないで。母さんのために泣かないでほしいの。りらちゃんが笑っていてくれたら、そしたら母さんは……母さんもきっと、お空の上でも、ずっとずっと幸せでいられるから』

りら子はうなずきました。

『わかった。約束する。もう泣かないね』

ぎゅっとこぶしで涙をぬぐいました。

そうして、多少変な顔になりましたが、笑いました。きゅっと涙をかみ殺すようにして。

大好きなお母さんが笑っているのです。自分も笑わなきゃと思いました。

『ありがとう。りらちゃん大好きよ』

お母さんもぼろぼろと大粒の涙を流しながら笑いました。そして、ふうっと大きな息をつくと、庭の方を振り返りました。

『あ、雨が降ってきた』

その年の秋は、寒い秋で、まだ十月の初めなのに、雪が降りそうに寒い日もありました。

『……せめて、クリスマスまで生きていたかったなあ』

独り言のように、そういってうつむいて涙を拭《ふ》きました。そして、しばらく何もいわないまま、ガラス越しの庭を見ていました。

その目の先には、お母さんが冬のために準備していた、ロックガーデンがありました。冬の、クリスマスの頃に美しく仕上がるはずだったロックガーデン。草花の種と苗と球根と、大事にお母さんが選んで植えた、花壇でした。一流の庭師であり、若い頃は有名なプラントハンターでもあった、りら子の祖父木太郎《もくたろう》の指導を受けながら造っていた花壇です。

お母さんはクリスマスローズが好きでした。特に原種の白いニゲルが好きで、そのロックガーデンも中心に白くきれいなクリスマスローズが咲いたときはえるように考えて造られたものでした。秋のそのときはまだ、花たちは緑の葉をそれぞれに広げのばしているばかり。つぼみさえ見えていませんでした。

『ロックガーデン、クリスマスの時期にきれいにできあがるはずだったのにな。今年から造って、二年後、三年後、って、仕上げていくつもりだったのになあ……』

笑顔のままつぶやいているのがわかる声でした。けれど、声は震えていました。

お母さんの細い手が上がり、ほほの辺りの涙をぬぐったようでした。

お母さんはいいました。笑おうとするような声で。

『ねえ、りらちゃん。母さんもみんなみたいに、おじいちゃんやお父さん、茉莉亜やりらちゃんみたいに、不思議な力があれば良かったなあ。そしたらお庭のお花や木や草に、みんなのことをお願いしますって頼んでいけたのに。みんなを守っていてくださいね、って。母さんだけ、どうして普通の人間に生まれてきたのかなあ？　こんなにお花のことや、みんなのことが大好きなのに、どうして母さんだけ、普通の人間なのかなあ』

その背後に、庭が見えるガラス窓に、銀色の雨が降り、庭の花や木を濡らしてゆくのが見えました。

秋の庭には、金木犀。この家でいちばん古く、見上げるほどに大きな木に、一面の金色の花が咲き、その花を緑色の葉を、雨は濡らしていったのでした。静かに。ゆっくりと。

それはとても美しく、でもとても悲しい寂しい情景でした。

寝込んでから数日、何かを予感したかのように、家にいたい、ここを離れたくない、といっていたお母さんは、その夜、具合がどうしようもなく悪くなって病院に運ばれ、そしてもう元気な姿で家に帰ってくることはなかったのでした。

りら子は熱いコーヒーを飲みながら、幼い日のことを思い返していました。六年近くしかともに暮らさなかったので、お母さんの思い出はそんなにたくさんはありません。けれど、この古い家のそこここに、そのひとが立っていた様子や、笑っていたその声、料理をするときのさいばしの動かし方なんかが残っているような気がするのです。コーヒーの味にだって、ふと、そのひとを想います。

そのひとは、義理の父である木太郎さんから教わった通りに上手にコーヒーを入れました。おじいちゃんとお父さんとお母さん、それにもう高校生だった姉の茉莉亜は、美味しそうにそのコーヒーを飲んでいて、まだ幼稚園児だったりら子は、それがうらやましくて仕方ありませんでした。とても美味しそうに見えて。そしてみんなが自分を仲間はずれにしているように思えて。

小さなりら子はすぐに泣く子どもでした。寂しくても泣き、怖くても泣きました。ほしいものがあっても泣きました。

コーヒーが飲みたいと泣くりら子に、お母さんは、仕方がないわねえ、と笑って、ミルクたっぷりのカフェオレを作ってくれました。甘いミルクを鍋でふわりと沸かし、小さなマグカップにいれて、ほんの数滴、何かの魔法のように、コーヒーのしずくを落としてくれるのです。

『はい、りらちゃんのコーヒー』

光が満ちていたあの日の台所。お母さんが差し出してくれたそれは、ほとんどいつものミルクと同じだったでしょう。でも、コーヒーの良い香りのしずくが落ちているその飲み物は、大好きなお母さんがりら子のためだけに特別に作ってくれた飲み物でした。

あのカフェオレは、それから何回入れてもらったでしょう。何度飲むことが出来たでしょう。いまのりら子は自分であのカフェオレを入れることが出来るようになりました。勉強に疲れた真夜中や、何か考え事がある夜には、薄暗く明かりを落とした台所で、ひとりカフェオレを入れることもあります。記憶の中のお母さんのカフェオレの味には、永遠に追いつかない味だろうと思いながら、あの日の、光の中で飲んだカフェオレの味をわずかでも再現できているのではないかな、などと思いながら。

十年めのロックガーデンには、今年もニゲルの白い花が咲くでしょう。白い天使の羽根のような、ふわりと白いミルクのような優しい花は、お母さんの死んだその年の冬に最初の花が咲き、その後年々増えて、いまでは庭の一角に雪が降りつもっているように見えるほど、見事に咲きほこるのでした。

　ふと、りら子は壁の時計を見ました。

「げ。八時過ぎてるじゃないの？」

「しまった」

「まあどうしましょう？」

　三人は慌てて台所を出ました。草太郎さんは書斎へ出勤のための鞄をとりに。茉莉亜はカフェの開店の準備のために店の方へ。りら子は居間へと走ります。

「桂。遅刻するよ」

　弟はちゃぶ台に寄りかかり、幸せそうな顔をして本を読んでいました。この子は本好きで、少しでも時間があれば、物語の本を開いて読んでいました。鞄の中にはいつも自分の本や、図書館で借りた本があります。小さな細い体で持つには重そうに見えるのですが、本の重さだけは感じないのか、よっこいしょ、なんて朗らかなかけ声をかけつつも、楽しそうに運んでいるのでした。

「時間。時間よく見て」

「うわあ」

　りら子の声に慌てて、桂は立ち上がり、大切そうに本をたたむと、かたわらに置いていた通学鞄に丁寧に入れました。

結婚前のお母さんは子ども図書館で司書としてはたらいていたといいます。家ではいつも、かたわらに本を置いていました。桂が本好きなのは、お母さんに似たのだろうと家族は思っていました。実際、三人の子どものうち、末っ子の桂がいちばんお母さんの面影があるのでした。線が細くてからだが丈夫ではないあたりも似ているのは、心配なところなのですが。でもこの子の、ふんわりと優しい笑顔はご近所の人たちに好評で、小さい子も犬や猫たちも、桂の笑顔には心を開いてなつくのでした。りら子も、この弟の笑顔は好きでした。お父さんのパソコンの中に残っている、お母さんの笑顔の写真と重なる優しい笑顔が。

りら子はエプロンをはぎ取るようにはずしながら、自分の部屋に駆け込むと、学生鞄を抱えて居間に戻ってきました。

「自転車に乗せて送ってあげるから」

「え、あ、でも」

「遠慮しなくてもいいよ。わたしもぼーっとして時計見てなかったんだもん」

「遠慮じゃなくて、自転車の二人乗りは道路交通法違反だから、その……よくないと思うんだ」

「………」

　ふっとりら子はうつむいてつぶやきました。

「わたしだって好きでそんなことしたいわけじゃ」

「あの、じゃあ、やめようよ」

「人間てさ、時として共同体のルールに背かなくてはいけないこともあると思うんだ」

「えっ」

「さあいこうか」

「あの、それと、お姉ちゃんの自転車、怖い……」

「怖くない」

　りら子はいいきると、桂の肩にかけた鞄に手をかけました。

「わたしは姉としてあんたを真っ当に育てる責任があるのよ。やっぱりほらでないと母さんに申し訳ないというか。別にあのひとに誓ったとかさ、そういうのじゃないけど……」

「………」

　弟の鞄を引っ張るようにして、りら子はひきずられるようにしてそのあとを追う、弟とともに玄関に向かいました。店へと続く長い廊下に向かって、よく通る声で叫びます。

「お姉ちゃん、いってくるね」

かたかたとテーブルや椅子を動かす音と一緒に、うたうような返事が返ってきました。

「父さん、いってきまーす」

書斎の扉に声をかけます。

「気をつけてな」

ドアをちょっと開けて、草太郎さんが声をかけました。大きな鞄にタブレットを入れようとしながら、液晶に映る朝刊を斜めに読んでいるところのようでした。

半ば弟を引きずるようにしながら、りら子は玄関のドアをくぐります。さあっと降り注ぐ秋の朝の澄んだ日差しと、中庭の金木犀の香りが、そのからだを包み込みました。秋の風が、茶色い髪と、セーラー服のスカーフをふわりとなびかせます。

「桂、ここで待ってて」

弟を玄関の前に待たせると、きれいに敷かれた敷石を踏んで、自転車を置いてある裏手に回りました。と、祖父の木太郎さんがいつも通りに、畑の世話をしているのが見えました。アーガイルの洒落たセーターの上に作業用のエプロンをかけたおじいちゃんは、りら子に気づくと、おはよう、と声をかけました。

「おはよう、おじいちゃん」

祖父の木太郎さんは、見た感じ、草太郎お父さんとは似ていない親子に見えました。長身の草太郎さんに比べて、この祖父は小柄で、背も猫背、行動が素早いせいもあってか、どこかしら、忍者か猿めいて見えたりもします。でも、よくよく見ると、いたずらっぽい表情や、ふとした瞬間の品の良い笑顔、何よりも手先の器用さは、たしかに親子なのでした。

それと、と、りら子は微笑みます。

あのセーターは少し昔にいまはいないおばあちゃんが贈ったものだったはず。ずっと大事に手入れして、着続けているのです。先に逝《い》った愛妻をいつまでも大切に思っているというところも、このふたりは似ていました。

「どうしたりら子、今朝は遅いな」

「ゆっくりしすぎちゃった。自転車で行くね」

「おお。ちょうど昨夜《ゆうべ》磨いておいたよ」

「さんきゅ」

自転車は畑の横の、車庫の隣にたてかけてありました。あけびやうべの蔓で出来た屋根の下に置いてあります。これはりら子の自転車。ふだんは花屋の花の配達の手伝いに使う、のりなれた自転車でした。

いわれたとおりに、空色の自転車は、ハンドルもサドルもぴかぴかでした。ベルをはじくと、りん、というういい音がします。

祖父が声をかけました。

「唄子《うたこ》さんが、今日急に帰ってくることになったそうだ。さっきメールが来てね。学校帰りにでも、あじさい堂の和菓子を買ってきてくれないか」

「いいよ。何がいい？」

「任せるよ」

りら子は近所の屋敷に住んでいる、知的で美しいそのひとのことを思い浮かべました。職業は随筆家《ずいひつ》。老いてなおお洒落で、ピンクベージュのルージュを引いた唇で、いたずらっぽく笑うひとでした。うん、あのひとが喜ぶような和菓子なら、選べるだろうと思いました。小さい頃からりら子たちきょうだいを我が子のようにかわいがってくれたひとですから。いつも世界を飛び回る、旅人のようなあのひとにとって、きっと久しぶりの日本なのでしょうから、とびきりにきれいでセンスが良いものを選んでみましょうか。

「いってきます」

和菓子屋さんのケースにいまの時期並んでいそうなお菓子のことをあれこれと思い出しつつ、りら子は自転車を押しながら走り出し、地面を軽く蹴《け》り、ペダルをこぎました。

中庭の金木犀が、黄色い星のように花を咲かせ、香りを振りまいていました。そのそばを通り過ぎるとき、小さな花がいくつも、りら子の髪にのり、制服の肩にのりました。ちらりと木を振り返り、りら子は口の中で、いってきます、といいました。先祖代々この地にあり、一族を見守ってきたと伝えられているこの木は、幼いりら子が母を亡くしたあと、初めてひとりで登園するために家を出るときにも、そっとここで花を散らし、良い香りをさせていました。泣くまいと涙をこらえているりら子を励まそうとするように。

玄関前で桂を捕まえ、荷台に乗せると、りら子は勢いよく走り出しました。薔薇のアーチになっている門を抜け、朝の日差しが満ちる街へ、駅前商店街へと走り出したのです。

「あれから十年か。大きくなったなあ……」

木太郎さんは、金木犀の大木のそばで、そっとつぶやきました。孫たちを乗せた自転車が風のように駆け去っていった、門の方を遠く見つめて。古い大木はまるで、その言葉にうなずこうとでもするように、はらはらとはらはらと、輝く小さな花を落としました。

朝の商店街には、開店準備を始める街の人たちが、手早く、でも楽しげに働いています。りら子たちはこの街で育った子なので、そこにいるみんなが顔なじみで、またどこか家族のような人たちなのでした。特に母親を早くに亡くしたりら子や桂にとっては、母親代わり、おばあちゃん代わりになってくれた人たちも、たくさんいる商店街なのです。

空色の自転車が、緩い下り坂になっている煉瓦《れんが》敷きの道を駆け下りていくと、いってらっしゃい、と、あちこちから声がかかります。

「今日は遅いね。大丈夫？」

なんて声もかかりますが、

「大丈夫」

りら子は笑って、軽快に走り抜けていきました。

「こら、二人乗りはだめだぞ」なんて声もかかりましたが、

「ごめん。今日だけ、見逃して」

さあっと走り抜けました。

そのあとで、しまった、と舌をだしました。いまの声はたぶんあとでいくことになっている和菓子屋のおじちゃんの声でした。こりゃきっとあとで叱《しか》られるなあ、なんて思いながら、りら子は軽くためいきをつきました。

弟の桂はさっきから無言のまま、まるで柔らかくあたたかい石のようでした。しっかりとりら子の腰に手を回し、背中に顔を押しつけているところを見ると、怖いのでしょう。

「もう」

と、ついりら子はつぶやきました。

朝の日差しがあふれる古く大きな商店街を、風のように走り抜けながら。街路樹の緑が、りら子と桂を見守り、いってらっしゃい、と手を振っているようです。

「桂、あんたちょっと鍛えた方がいいよ」

「え？　き、鍛える？」

「心もだけど、とりあえず運動神経とかさ。健全な心は健全な体に宿るっていうし。もっとさ、強くなりなよ」

「……無理だよ、ぼく、こんなだし」

弟の声は風に紛れてよく聞こえません。

「無理じゃないよ」

わたしだって強くなったんだもん、と、りら子は心の中でつぶやきました。きゅっと歯を食いしばって。バス通りまで降りてきました。

念のために裏通りをいこうかな、と、自転車をそちらに向けました。商店街の裏側の道はお店の裏側が並びます。表通りに並ぶおすましたきれいな姿ではない、普段着の街の姿がそこにありました。このあたりの坂道は大昔のままの石だたみ。古い木の塀やモルタルの壁には木蔦《きづた》がからみ、小さな子がみたら怖がりそうなほどに茂っています。山芋の蔓

ました。
や烏瓜《からすうり》の蔓もゆらゆらとのびて、細く古い坂道にあちらこちらからたれさがってきてい
ました。
この道を降りてゆけば、桂の通う小学校の裏手、グラウンドを囲うフェンスのあたりに
ゆきつきます。街路樹と校庭に植えられた木々たちのはざまにある学校の裏門、そこをり
ら子はめざしました。
目の前にみえてきたその学校はかつてりら子も六年間通った母校です。細い裏道を器用
に自転車で駆け抜け、商店街の裏からやがて住宅街へと人目を避けつつ進み、よし門にた
どりついた、と思ったとき――。
「こら、花咲。花咲りら子。それに桂」
声の拳骨のような大声が降ってきました。びくっとしながら自転車を止め荷台から降り
て、きょうだいはおそるおそるふりかえりました。
緑に葉を茂らせた楠《くすのき》の陰から、ジャージ姿の先生が太い腕を腰にあて、みたぞ、と低
い声で一言いいました。木彫のくまめいたこの先生は石田《いしだ》先生といいます。五年三組の桂
の担任の先生にして、かつて五年六年とりら子をうけもった恩師でもありました。
石田先生はのしのしと二人に近づくと、大きな目でぎょろりとりら子をにらみ、拳骨を
その頭上にかざしました。

「きゃー、暴力反対」

両手で頭をかばったりら子が叫ぶと、先生は、

「ばか」

と、一言いって、人さし指で軽くおでこをはじきました。

「二人乗りなんてするんじゃない」

うんうん、と桂がうなずいています。

りら子はおでこを手でさすりながら、ちょっと口をとがらせていいました。

「わかりました。以後法律遵守でいきます」

「とかいってまた人目がなかったら、とか思ってるだろう？」

「てへ」

「あのなあ」

石田先生は苦笑しました。そして深い、優しい声でいいました。

「俺はおまえに危ないことはするな、といってるんだ。法律を守れじゃなく。ああいやもちろんそっちも大事なことなんだが。とにかく」

こほん、と先生は咳《せき》払いをしました。

「小学生の時と同じセリフで元教え子を叱らなきゃならないかわいそうな先生の気持ちっ

てやつを少しはわかってもらえないかな、と」

「…………」

りら子は黙っておでこを指先でなでました。そして弟の方を見て、

「要はあんたが好ききらいをなくして、さっさと朝ごはんを食べてくれたらいいのよ。そしたらもう法律違反なんてしないですむんだもん」

「えっ？　なんで？　なんでぼくのせい……」

桂は愕然としてりら子の顔を見上げました。

「あ、そうだ、花咲桂。弟の方」

ちょうどよかった、と先生は笑って、手を打ちました。

「あとで職員室にきてくれるかな？　夏休みに書いてもらった、県主催の読書感想文コンクール、あれね、最終選考に残ったから」

「え」

「え」

りら子と桂は、先生の方を見上げました。

先生はにっこりと笑い、いいました。

「桂はほんとうに文才があるなあ」

「すごいね、桂」

りら子は弟の背中を叩きました。

桂はその勢いでよろけて前に歩き、真っ赤な顔のままで、いいました。

「ぼく……ぼくは、本が好きだから、だから、好きな本の、好きだってことを、その、書いただけで……」

「やだ、謙遜《けんそん》しないの」

りら子はもう一度弟の背中を叩きます。

うう、暴力反対、と桂がつぶやいたとき、石田先生は腕時計を見て、いいました。

「りら子、おまえ学校はいいのか？」

時計の文字盤を見せます。

「きゃあ」

りら子は叫ぶと、地面を蹴り、自転車で走り出しました。その背中に、

「お姉ちゃん、いってらっしゃーい」

と、桂が声をかけます。笑顔で。

「あの、お姉ちゃん、ありがとう」

りら子はふふ、と笑いながら、ペダルをこぐ足に力を込めました。まるで自分も風になったように、朝の冷たい空気を突っ切るようにして、走りました。

弟を褒められるのは気持ちがいいものです。そう、あの子はすぐ泣くし、弱っちいし、ちょっと生意気で理屈《りくつ》っぽいけれど、文章が上手で、お利口さんで、とてもセンスがいい子なのです。

ふと思いました。目の前の、上空の澄みきった青い秋の空を見て。

もし母さんがあの空から、わたしたちを見守っているとしたら、いま桂が先生に褒められたことも見ていたのかしら？

嬉しそうに笑ったことも、見ていたのかなあ？

「だとしたら、いいな」

つぶやきました。

お母さんが亡くなったとき、まだ一歳になったばかりの桂は、お母さんと同じ風邪で具合が悪くなり、念のためにそしてお母さんを休ませるために近所の小児科に入院していました。

お母さんを早く亡くしたとはいえ、五歳だったりら子には、まだお母さんの思い出があります。交わした言葉も覚えています。でも、赤ちゃんだった桂には、それがないのでした。

　桂は小さい頃、お母さんに会いたい、とよくつぶやいていました。あってみたいなあ、お話ししてみたいなあ、と。さみしそうに。

　成長するうちに、いつのまにかそういう言葉は口にしなくなりましたけれど、お母さんのことがどうでもよくなったわけではないということを、りら子は知っています。つい最近も、桂は、夜中に、居間にある家族のパソコンでお母さんの笑顔の写真を開き、そのひとの写真をじっと見ていました。その様子をたまたま見たりら子は、何もいわず、そっとそのそばを立ち去ったのでした。

「母さんの魂が、桂を見守ってくれているのなら、いいなあ。ほんとうに、この宇宙のどこかに、天国なんていうものがあるのなら、いいのになあ」

　お母さんが子どもたち三人をどんなに愛していたか、どんなにそばで見守っていたかったか、幼かったりら子にもわかっていました。もし死後も魂が世界のどこかに残るのなら、お母さんはきっと、桂を見守ってくれているでしょう。そうならば、桂も、お母さん本人も、幸せなのにな、と思いました。

　死んだあと、ひとはどこに行くのか、りら子は知りません。ひとに魂があるのかどうかも、ちょっとわからないところがあります。

　りら子や、りら子の家の人たちは、ほんの少し、普通の人と違っていて、物語の中の登場人物のような魔法めいた力を持っていますが、でも、魔法使いではなくて、心は普通の人間と同じです。みんなが見える世界と同じ世界を見て、生きています。

だから、わからないのです。ときどき、わからなくなるのです。

お母さんの魂がどこに行ってしまったのか。お父さんや、優しい街の大人たちがいうように、人間には魂があって、それは永遠の存在で、いまも世界のどこかにいる、なんていうことが。それを信じたいけれど、心のどこかで、信じきれないところがあるのです。

幼い日、りら子は、お母さんに約束をしました。もうお母さんのためには泣かない、と。

自分が泣くとお母さんが悲しむのなら、強くなろうと思いました。そうすることで、空の上で見ている人がほっとして幸せになってくれるのなら、がんばろうと思ったのです。

あの頃のりら子は泣き虫で恐がりで、弱虫の女の子でした。高校生になったりら子は、間違ってもそんな少女ではありません。寂しいときも悲しいときも、怖いときも泣かないように。歯を食いしばって、前へと進んでいくように。がんばって、強くなったからです。

いまはもう、お空の上にいるというお母さんのことを、その見えないまなざしの存在を、信じてはいないけれど。

「まあ、わたし理系だしね」

きちんと計算が出来る、ちゃんとした法則がある、数式の世界が好きなりら子でした。まがい物や偽物や、曖昧《あいまい》なものは嫌い。目に見えるもの、再現性のある事象、明白に信じられることだけをりら子は愛していました。

だから実は、りら子は神様やサンタクロースを信じていません。自分でも夢がないなあとは思うのですけれど。少しばかり変わった血筋の自分たち一族のことは、いつか科学で説明できるに違いないと思っています。

その辺り、同じ理系の、よく似た親子でもある草太郎お父さんが、夢見がちなのとは少々違っていました。お父さんはとても頭のいい人で、博士号まで持っているのに、神様も魂も信じているようだし、サンタクロースだって、北欧のどこかにいると信じたがっているようなのです。もういい年の大人なのに。

でも、りら子は、そんなお父さんのことが、嫌いではありませんでした。

風を切って自転車は走り、やがて古い私立の高校の門をくぐりました。その頃には、同じようにぎりぎりの時間の登校になった生徒たちが、ある者は走り、ある者は同じように自転車に乗り、と、まるで魚の群れのように、それぞれに校舎を目指していました。

校門のすぐそば、校舎の陰の駐輪場に自転車を止めていると、

「おはよう、りらちゃん」

背後からおっとりとした足音がして、クラスメートの真丘野乃実《まおかののみ》が、長い三つ編みを背中に揺らしながら、近づいてきました。色白の額の汗を拭きながら、息を切らして、

「……りらちゃんが、こんな時間なんて、珍しいね。いつも早く来てお勉強してるのに」

「おはよう。早く行こう」

「……待って、息が切れちゃって」

笑いながら、めがねを外して、目元の汗も拭きます。

野乃実は学校のそばにある古い文房具屋さん兼雑貨屋さん兼本屋さんの娘でした。お店の手伝いと、年のはなれた妹の世話をしてからの登校になるので、どうしても遅刻しがちなのです。真丘文房具店の家族は明るいいい人たちで、りら子は大好きでした。小さい頃はよくご飯を食べさせてもらったりしていましたし、いまも互いの家に遊びに行ったり、いっしょに勉強をしたりします。

「はーやーく。先生来ちゃうよ？」

りら子は自転車のかごから鞄を取り出し、ゆっくり歩いてくる野乃実を気遣いながら、気持ち早足で校舎に向かいました。金木犀は（家にあるのよりも小さい、というか一般的なサイズですが）学校にも咲いていて、良い香りを辺りに漂わせていました。

「……うーん、そのときはしょうがないし」

野乃実は笑います。

「えっと、別にわたしたちが多少遅刻したって、地球が滅びるわけでもないし、ね？」

「まあ、そうだけど。でもね」

野乃実はふと立ち止まり、両手を広げて、ふうっと胸に息を吸い込むようにしました。

「わあ、金木犀がいい香り。秋の風と空気って、美味しい。寿命が千年くらい延びそう」

「はいはい。ほらいくよ」

「待って」

校舎に入ろうとすると、とことこと野乃実はあとをついてきます。

「ねえ、りらちゃん」

階段を上りながら、野乃実はりら子に尋ねます。

「金木犀って何を考えてるんだろうね？」

「何を、って？」

「咲いているとき」

「さあね。今度うちの金木犀に聞いとくよ」

「ありがと」

気がつくと校舎はしんとしています。みんな教室に入り、自分の席に着いたのでしょう。

ふたりは顔を見合わせ、さすがに駆け足で、自分たちの教室に向かいました。

駅前中央商店街の、その一歩裏手には、古いお屋敷町があります。それはその昔、この風早の街に海外の人たちが住まう、居留地がいくつかあった頃の、その名残のひとつ。戦争で燃えつきたお屋敷がその後復元されて、いまも昔のままに、庭に緑の植木を茂らせ、街路樹たちに守られて、ひっそりと立ち並んでいます。

花咲家の千草苑のそのそばに、磯谷《いそがい》唄子さんのお屋敷はありました。その昔、学者の家系の磯谷家にお嫁入りした唄子さんも、良いおうちのお嬢さん。大きなお屋敷の広い庭に、四季折々の綺麗な花を咲かせ、木を育て、幸せに暮らしていたのですが、たったひとつ寂しそうだったのは、おそらくは子どもが生まれなかったからでした。

言葉少ないけれどいつも穏やかな笑みを口元に浮かべた博識な夫の皓志《こうじ》さんと、明るく華やかで楽しい会話が上手な奥さんの唄子さんと。友達が多く、お客様を迎えるのが好きなふたりで、いつも誰かが出入りしている、楽しげで賑《にぎ》やかな家ではありましたが、二人ともそうは口にしなくても、時として寂しそうな様子は伝わってきてはいたのでした。

でもそれも若い頃のこと。年老いてからは、耳のたれた雑種の白い犬を飼って、子どものようにかわいがっていました。いつも微笑みを絶やさない二人の口癖《くちぐせ》は、幸せだね、幸せですね、の一言。ともに白い髪になった二人は、あるときは公園で散歩を楽しみながら、あるときは喫茶店でお茶を飲み新聞や雑誌を読みながら、その言葉を静かな微笑みとともにつぶやいていたりしたのでした。

けれど五年前、皓志さんは病を得て亡くなりました。実は唄子さんの方が若い頃に重い病で手術をしたこともあったので、本人も、そして周りも、もし逝くなら唄子さんの方が先だと思い込んでいたところもありました。

皓志さんの方では、年が年でもありましたので、覚悟が出来ていたようでした。余命がお医者様に告げられてからは、勤めていた大学の関係の人々や、友人たち、親戚縁者に美しい字で丁寧なお礼状をしたためて残し、病院のベッドで、唄子さんの手を取り、ありがとうと感謝しながら亡くなったのでした。

広く美しい家に、唄子さんはひとりで残されました。悪いことに、前後してかわいがっていた老犬のポチも死んでしまったのです。

唄子さんは家を離れ、旅行に出るようになりました。皓志さんの生前ともに旅をした海外や国内の、いろんな場所へ。唄子さんの仕事は随筆家でしたので、旅先でいろんな文章を書き、また取材をしたりされたりしながら、気ままに暮らすようになりました。元気そうだね、楽しそうだね、と、彼女のことを知る人もよくは知らない人たちも、いろんな媒体に登場する笑顔のそのひとを見て、噂するようになりました。

さて。唄子さんの家、たくさんの花が咲き、美しい木がいくらも植えられた庭。彼女の帰りを待つその庭の手入れは、千草苑が請け負っていました。

請け負っていた、というよりも、特に何の約束もなく、勝手に、木太郎さんが手入れを続けていたのです。なぜなら、その家の見事な庭は、遠い昔に木太郎さんが整え、植物を集めて造り上げたもの。昔から友人だったふたりの結婚のお祝いにと、木太郎さんが造った庭だったからでした。

そう、木太郎さんと唄子さん、そして皓志さんの三人は、この風早の街で生まれ育った幼なじみ。そして、あの戦争で家を焼かれ、それぞれに苦労して大きくなった、同じ時代に生きた仲間たちでもあったのでした。

そしてほんとうは――唄子さんと結婚していたのは、木太郎さんだったのかもしれないのです。これは木太郎さんの心の中だけにあったこと、なので、ふたりは知らないはずのことなのですが、木太郎さんは幼い日から、ずっと唄子さんのことが好きでした。好きだなあと思いながら大人になり、そしてある日、親の後を継ぎ花屋の経営者としてやっていける自信がついた頃、唄子さんに求婚しようと決意しました。

その頃の木太郎さんは二十代の気力がみなぎる若者でした。珍しい草花を求めて世界中を旅するプラントハンターとして名を馳《は》せ始めた頃でもありました。勇気と気概でいっぱいで、またその頃の、貧しさから立ち直りつつあった日本で、自分もがんばろう、がんばれる、とひとりうなずいていた頃でもありました。プラントハンターの仕事はなかなかに命がけ、まるで一昔前の冒険小説の主人公のように、ひとりで奥地をゆき、方位磁石の使えない樹海を旅し、空気の薄い高い山までも一輪の美しい花を求めていかねばならない、そんなものなのでした。

でも、夢あふれる、血気盛んな若者にとっては、冒険のすべてが生きがいで、どんな困難も乗り越えられるに違いないと、何の根拠もなく信じていられました。いいえ、恐れることよりも勇気を出して乗り越えていくことの方が、その頃の木太郎さんにはよほどたやすかったのです。未来と自分の運を信じて、ただ前に進んでいくことが。

勇気ある木太郎さんがただひとつ、勇気を出せなかったのが、唄子さんでした。このまま何もいわなければ、仲が良い友達同士でいられる。たぶん一生、親友のように家族のように、いつもそのそばにいることが出来るでしょう。でも、誰よりもそのひとに近いところにいくためには、一言、告げなければいけない言葉があるのです。ぼくのお嫁さんになってください、といわなければいけないのです。ああでも、もしその言葉をいって、首を横に振られたら、そう思うと、木太郎さんは恐ろしくてとてもじゃないけれど、勇気が出なかったのです。下手をしたら嫌われて、いまの友達としての位置にさえも、いられなくなってしまうかもしれません。

でも唄子さんはかわいらしく華やかで、お見合いの話もいろいろとあるという話でした。いつか誰かが、唄子さんをさらっていってしまうかもしれません。

なので、ある日、木太郎さんは決心しました。今度の旅で、美しい花を手に入れたら、その花を手に、唄子さんに求婚しようと。

港から船に乗り、アジアの果ての遠い遠い国に行きました。その国の高い高い山に一人で登り、そして、木太郎さんは一輪の花を見つけました。それは青い空を背景に風に揺れる、まるで妖精の羽のような青い五弁の花びらの花でした。

木太郎さんは、その花をもっとよく見ようとして、崖をつかむ手に力を込め——そして、下へと転落していったのです。

気がついたときは、病院でした。外国の、言葉の通じない、古い小さな病院で、からだのあちこちをひどく痛めていたので、それから長く退院できませんでした。

そのときはまだ、元通りに元気になれると思っていたのです。またきっと山に登って、あの妖精の羽のような花を手に入れよう、そしてあの花を手に、唄子さんに言葉を、と、そう思っていたのです。

けれど、木太郎さんのけがは、とてもひどいけがでした。再び山に登るどころか、日本に帰れるだけの体力が戻るまでにも、長い時間がかかってしまったのです。

そして。やがて杖《つえ》をつきながらも日本に帰った木太郎さんを迎えてくれた唄子さんの左手の薬指には、真珠の指輪が輝いていました。その傍らには、大切な者のそばに寄り添うような微笑みを浮かべた、皓志さんがいました。

『彼ね、わたしと結婚したいんですって』

幸せそうにほほを染めて、唄子さんはいいました。『長いこといい出したくて、でもいえなくて、だけどやっと勇気を出してくれたの。春に式を挙げるの。木太郎さん、出席してね。よかった。あなたがこなかったらさみしいねって、このひととも話していたの』

このひと、と、唄子さんは傍らのひとのことを呼びました。まるでもう妻として長くともに暮らしている相手のことを呼ぶように。

木太郎さんは、明るい声で笑いました。おめでとう、といいました。ほんとうは指輪を自分がその手に贈りたかった、自分ならばダイヤの指輪を贈ったものを、と思いながら、心で涙を流していました。植物学の博士になるための勉強中で、いまはまだアルバイト以外収入のない皓志さんには、あの質素な真珠の指輪がやっと買えた大切な贈り物だったのだとわかったから。そしてお金持ちのお嬢さんなのに、小さく地味な指輪を世界一の宝石のように指に輝かせている唄子さんは、やはり誰よりも華やかでかわいらしい女性なのだ、大好きだ、と改めて思いながら。

『ごめんね』と、唄子さんはいいました。

お茶目な笑顔で。

『もしかして、木太郎さんもわたしのこと好きだったりしたらごめんなさい。あなたのことも好きだったのよ。たぶんね、同じくらい、大切で、好きだったわ』

おいおい、と、皓志さんがおどけたようにいいました。唄子さんはその腕をとり、抱きしめるようにして、

『大丈夫。いまはあなたがいちばん好きだから』

木太郎さんは、ちぇっといいました。

指先で、つん、と唄子さんのおでこをつきました。

『おまえみたいな奴、俺の好みじゃないぜ。俺は「ローマの休日」のアン王女みたいな、謎めいた秘密を持った、上品なお嬢さんがいいんだ。唄子みたいにおきゃんで笑い上戸なのは、まーったく、違うんだ』

まあひどい、と、唄子さんは笑いました。そして、木太郎さんの腕もとり、いったのです。美しい、妖精のような笑顔で。

『わたしたち、これからもずっと一緒ね。これで三人、ずっと仲良しでいられるのね』

その夜、木太郎さんはひとりで泣きました。明かりを落とした花屋の店の中で、かたわらに杖を置いて、泣いたのです。

皓志さんが悪人ならよかったのに、と思いました。幼なじみでなく、親友でなければよかったのに、と。そうしたらひょっとしたら、唄子さんの指輪の輝きに目を背けて、自分がもっと幸せにするからと、懇願する気になれたのかもしれませんでした。

でも皓志さんは、木太郎さんの親友でした。そのひとがどれほど賢くて、また心根がきれいで尊敬できる人物なのか、木太郎さんはたぶん誰よりも知っていたのです。

皓志さんの夢は、青い薔薇を作ることでした。長い人類の歴史の中、一度も作られることのなかったその美しい薔薇を、自分の手で作り上げる、そのための研究をしていました。

『ぼくたちは焼け跡で育った。ぼくたちの故郷は、戦闘用の飛行機から撒かれた、焼夷弾《しょういだん》によって焼かれ、たくさんの命が失われた。ぼくらの街はある意味、科学技術によって壊され、滅ぼされかけた。……でもね、木太郎くん。ぼくは同じ科学をもって、ひとの英知をもって、美しいものを作り出したい。美しい命を。その美しさで人の心を癒やし、そう、戦争なんてことはやめようと、日本中、世界中の人々に思わせるほどの、美しい花をぼくは作りたいんだ』

実は皓志さんのいる大学の研究室では、存在しない色の植物を作り出す研究が続けられていました。木太郎さんも知っている言葉ですが、俗に、「神はひとつの花に三つの色すべてで咲くことを許さない」などといいます。たとえば、朝顔には青と赤の花がありますが、黄色い朝顔はありません。同じように、薔薇には黄薔薇と紅薔薇はありますが、青い薔薇は咲かないのです。紫陽花《あじさい》も赤と青の花はありますが、黄色い紫陽花は存在しません。

その研究室では、青い薔薇や黄色い朝顔を咲かせるための研究が続けられていました。でも第二次世界大戦が始まり、日本の敗色が濃くなって来た頃には、花の研究どころではなくなりました。そもそも肥料も手に入らない、温室も壊さなくてはいけないような状況の中では、花を咲かせ続けることは出来ません。そんな中で、ひそかにうわさされた言葉がありました。青い薔薇ができたのだ、と。

青い薔薇は当時は交配をもって作り出そうとしていました。俗に黒薔薇などと呼ばれる赤い薔薇から作り出そうとされていたのですが、研究室に咲いていた深紅の薔薇の中の一枚の花びらに、きれいな青色がにじみ出ていたというのです。

けれど大学もまた八月の空襲を受けて焼かれてしまったので、その薔薇は焼けてしまった、と、うわさは伝説になって残りました。

ほんとうのことは、誰にもわかりませんでした。その一群れの赤い薔薇の世話をしていた学生も、指導をしていた先生も、薔薇とともに亡くなってしまったからです。

でも、その薔薇の伝説は、戦後もずっとその大学の人々によって語り伝えられました。

皓志さんは早く亡くなったお父さんから、その話を聞いて育ちました。そして自分がきっと、その幻の薔薇を再びこの世で咲かせようと心に決めたのでした。

『すごい夢だな』と、木太郎さんは、皓志さんに何度もいったものです。自分のように学のない、頭の悪い人間には不可能な夢だと思いました。科学だなんて全然わかりません。人類が文明がどうしたといわれても、そんなにスケールが大きなこと、普段は考えることもありません。木太郎さんの毎日は、花を探し花を咲かせ、育てて売ることで終わります。

ただ、木太郎さんは、皓志さんの語るその夢がとても素敵なものだと思いました。

『俺は、きれいな花を探し、きれいな花を街中に、世界中に咲かせていく。この千草苑を大きくして、そんな風に生きる。皓志はいつか青い薔薇を作るんだな。俺たち二人は、花を通して世界をきれいにするんだな』

『そうだよ、ぼくたちは、花を通して、世界を優しい美しい場所に変えていくんだよ』

『いっしょにがんばろうな』

ふたりは手と手を握り合いました。

ひとりきりの店の中で泣く木太郎さんは、あのときの手の感触を覚えていました。ぎゅっと木太郎さんの手を握ってきた、その手の熱さと、そして強さを。

皓志さんはきっと夢を叶えるでしょう。そしてきっと、唄子さんを幸せにするに違いないのです。その誠実さと英知と、優しさをもって。着実に。まっすぐに歩き続けて。

それに比べて——木太郎さんは、かたわらの杖を抱きしめて泣きました。

けがは重すぎました。足をひどく痛めてしまったので、もうプラントハンターとして、ひとりで命がけの冒険をすることは出来なくなってしまったのでした。

あの日見た、妖精の羽のような青い花びらの花に、自分は二度と会うことはないだろうと思いました。二度と、あの花に触れることはないだろう、と。

あの花は、唄子に贈りたかったのだ、と思いました。唄子さんこそ、木太郎さんにとっての、ただひとりの王女様でした。けっして口にはしませんでしたけれど、唄子さんは、アン王女に似ていると、ずっと思っていたのです。自分はあの映画とは違って、きっと王女と結ばれる、ハッピーエンドにするんだ、と、何度も思っていました。思っていたのでした。

思い切り泣いて、泣き続けて。

やがて夜が明けて、朝の市場に花を仕入れに行くために出かけようと立ち上がったときには、木太郎さんはもう笑顔になっていました。塩辛い涙を飲み込みながらも、ぎゅっと拳で顔をぬぐい、立ち上がる元気がでていたのです。

『いいんだ』とつぶやいていました。

『唄子が幸せになるのなら、俺が旦那じゃなくったっていいのさ。うん、それだけのことさ。それだけの……』

映画と同じになってしまったなあ、そう思うと、なんだか笑えました。ひとは切ないときにも笑えるんだと思いました。

まだまだ涙が流れました。情けないなあ、と思いながら苦笑すると、店の中いっぱいに飾られた花たちが、みんなでこちらを向いているような気がしました。ひときわ美しく、ひときわきれいに、咲いているような。

ありがとう、と、木太郎さんは笑いました。

窓を開け、シャッターと扉を開けて、店の中いっぱいに光を入れました。朝の風を、花たちと一緒に受けながら、いいんだ、と、もう一度つぶやきました。

『この街をきれいにするさ。ここに生きる人々が、幸せで優しい気持ちになるように、とびきり美しい花を作り、街のみんなに手渡していこう。そして花たちを守ろう。花たちのことも、幸せにしよう』

木太郎さんは、花がどんなに優しい存在なのか知っていました。小さい頃から知っていて、友達として大事に思っていました。プラントハンターとして世界を駆けていたいままで、花は昔と同じに好きではあったけれど、そのことを忘れていたような気がしました。もともと木太郎さんには樹医《じゅい》の知識と才能もありました。けれどそれまではハンターとしての仕事が忙しかったので、植物を守り育てる方にはなかなか時間と体力を割けませんでした。でも、それをきっかけに、木太郎さんは、店の看板に、『樹医』の一言も付け加えたのでした。『花の病気を治します。枯れかけた木も元気にします。枯れ木に花も咲かせましょう』そんな言葉も書き添えました。

さてそれからしばらくは、さすがに木太郎さんはなかなか立ち直れませんでした。それほどに唄子さんのことが好きでしたし、ふたりはつい近所で新婚生活を始め、友達としてしょっちゅう互いの家に出入りしていたからです。救われないことには、皓志さんは学者であるが故の鈍感さからか、木太郎さんの失恋にまるで気づいていなかったのでした。子どもの頃から木太郎さんと唄子さんはよく喧嘩もしていて、喧嘩友達のように見えていた、ということもあるのかもしれません。そもそも、皓志さんの性格からいって、もし、木太郎さんが唄子さんのことを異性として好きだったとわかっていれば、抜け駆けのような告白などするはずもなかったのでした。

それがわかるからこそ、木太郎さんは皓志さんに文句も言えず、いままで通りにふたりと仲良く友だちづきあいを続けるほかはなく。そして、そんな日々を続けるうちに、だんだん、それに慣れてきたのです。なんといってもふたりは、幼い頃からの大事な友人です。そして、花咲家の人間である、木太郎さんには、ひとつの秘密があったのですが、その秘密を知り、愛してくれるかけがえのない人々でもあったのです。その秘密を知れば、人によっては木太郎さんを恐れ、遠ざかり、指さしたかもしれません。「普通」の人間ではないと突き放されたかもしれません。なのに、ふたりは子どもの頃からずっと、木太郎さんの友人であり、守ってくれる盾であり、笑い合う仲間であったのです。そのふたりが結婚して、幸せそうに暮らしている、それをそばで見守ることが、自分にとってもやがて幸せなことになってくるまでに、思ったよりも、時間は必要ではなかったのでした。

心の痛みを感じるよりも、楽しさを感じるようになってきた頃、店によく来ていた、年上の素敵なお嬢さんに惚れられて、つきあうようになりました。まるですみれの花のように優しく笑うそのお嬢さんは、けっして華やかな女性ではありませんでしたが、知的で夢見がちな瞳をした、どこかしら『ローマの休日』でのオードリー・ヘップバーンに似ているといえないこともないような娘さんでした。その心の中には確かに、アン王女がいて、控えめな品の良い笑顔で、木太郎さんをじっと見つめていたのです。

木太郎さんは、自分のアン王女と結婚しました。そのお嬢さんがやがて一足先に年老い、病んで亡くなるまでの間、楽しい日々を過ごしました。

いまも、唄子さんは自分にとって大切な女性であることは変わりません。でもそれは初恋の相手としてではなく、むしろ、幼なじみにして、同じ時代を生きた戦友を見るような思い、かけがえのない相手ではあるにしても、もっと静かな温かい思いを向ける相手へと変わっていました。

もし再び生まれ変わってくるようなことがあるとしたら、自分はきっとすみれの花のようなお嬢さん、自分のアン王女ときっとまた出会い、結婚することを選ぶだろうと思っていました。

さてそういうわけで、木太郎さんは、主がいなくなった屋敷の庭を守り、たまに部屋に風を通したりもしていたのでした。これもまた主を亡くした、赤い屋根の犬小屋も、きれいにみがき掃除したりもしていました。この家の庭は、木太郎さんが結婚の記念に贈った、シンボルツリーである、見事な桜の木がそびえているほかは、北欧風の庭、遠い国の草原のような、野性味のあふれる小花が揺れる、優しい庭でした。たれた耳と長い尾を持つ白い犬は、その庭の中で自由に走り、寝るときは夫妻を守るようにともに家の中で眠り、この家を守る精霊のように駆け巡っていたものでした。

老いて静かに死んでいった犬の、その澄んだ瞳と、風になびく毛並みを思い出していると、足下の花々も、まるで犬のことを思うように、ゆらりと花首を動かしました。

「そうか。おまえたちも、ポチのことが好きだったか……」

木太郎さんは身をかがめ、花たちをなでてやりました。たまに掘り返されたりしていても、あの犬のことを気に入っていたのでしょう。花も木も草も、ああいった元気の良いかわいらしい命は好きなんだろうな、と、木太郎さんは思いました。

揺らめく花たちとともに、桜の木を見上げました。この家の歴史とともに育ってきた美しい桜の木は、十月のいまはただ葉を茂らせています。犬が去り、この家の主が去り、唄子さんも旅の人になってからは、桜の木はさみしそうで、すっかり生気を失ってしまったようでした。かつて、この家に楽しげな笑い声が響いていた頃は、春の時期には、まるでこの庭の女王のように、いいえ、世界を統《す》べる女王であるとでもいうように、薄桃色の花を華麗に咲かせ、光のように散らしていたものを。木の下には幸せそうな笑みを浮かべた夫婦、足下には白い犬。柔らかな春の風に乗って、花びらはいつまでも彼らの上に降り注ぎ、青い空へと流れていったものでした。

「あの景色は、もう見られないのか……」

幸せを絵で描いたような情景だと思っていました。そっと桜の木肌に触れると、ひんやりと冷たい木から、悲しいさみしい想いが伝わってきました。木太郎さんには、木や草花の想いがわかるのでした。それはほとんどのひとには話していない、秘密の力でした。

それは花を扱う仕事をする上では、有利に働く力でもあり、また時として心を切るほどに辛《つら》い力でもありました。植物たちがひとや動物を想う気持ちは、妖精のように透明で、幼子のように無邪気でした。ただ命の幸せを想い、楽しそうにしている命のそばに在ることを喜びとする魂だから、草や木は、手折られ食べられても文句一ついわないのです。むしろ誰かの幸せのために役立つことを喜ぶ存在だから――だから、緑たちの想いを知る木太郎さんは子どもの頃から、悲しむことも多かったのでした。

夏の暑さや病で枯れていく花たちの声も聞こえます。家族が引っ越して、置いていかれた庭の花壇の花々が泣いている声も聞こえます。通行の邪魔になったと切り倒される街路樹の、その「処刑」の前の夜に、ひとり思い出をうたうように語る声も聞きました。

この庭の桜は、思い出を懐かしみ、いなくなった家族を恋しいと高い声でうたっていました。静かに。人の耳には聞こえぬ細い声で。

五十数年もの間、この庭に立ち、夫婦と犬の日々を見守っていた桜の木が、この家の幸せを想わないはずもなかったのでした。

夕方近く、長いコートを着た唄子さんがふらりと帰ってきたとき、木太郎さんはその庭にいました。なのですぐに彼女を部屋に通し、ひどく疲れている様子の彼女のために、寝室の押し入れから布団を出して、敷いてあげることも出来たのでした。

「あと一日早く連絡をくれたらよかったのに」

布団を敷きながら、木太郎さんはいいました。

「たまに押し入れに風を入れてはいたんだが、それでもさすがにかび臭いなあ。こっちに帰るなら、もっと早くに連絡をくれないと。そうしたら、布団も干しておいてやったのに」

わあ、畳の匂い、久しぶり、と、嬉しそうに笑っていた唄子さんは、静かな音をさせて、庭への障子《しょうじ》を開けました。北欧風の庭と、シンボルツリーの桜が、目の前に見えます。疲れたような目が、どこか遠い世界を見るようなまなざしで、庭をゆらりと眺めました。

「だって急に帰りたくなっちゃったんだもん。北欧中欧、東欧と三ヶ月かな、暮らして。どこに住むのも楽しかったんだけど、里心がついちゃったらもうだめね。借りていたアパートすぐに片付けてでてきちゃった。それから地下鉄や飛行機を乗り継いでたら、連絡なんてする時間なくって。やっと成田で、ラウンジのパソコンからメールできたの」

化粧も落とさないまま、唄子さんはコートだけを脱いで、座椅子にかけ、布団に横になりました。そして、痩《や》せた顔に微笑みを浮かべ、天井を見上げて、いいました。

「ねえ、わたし、死んじゃうかもしれない」

「え」

「病気がね、再発したような気がするの」


月曜日から金曜日まで、毎日夕方四時から六時までのFM風早の帯番組は、その名を、『トワイライト・ブーケ』といいます。夕暮れ時のひとときを、リスナーからのリクエストに応えつつ、アナウンサーやパーソナリティーたちが、街の話題とニュースに天気予報、楽しいおしゃべりで彩る、そんな二時間でした。様々な事情からローカルFM局が低迷している昨今、FM風早も例外ではなく、かつてほどの華やかさはもっていないのですが、この『トワイライト・ブーケ』はなかなかの人気番組で、リクエストも多いのでした。

FM局の会長と木太郎さんが友人関係で、千草苑がこの番組のスポンサーのひとつでもあったことから、駅前中央商店街の千草苑の中にサテライトスタジオを作った、そのこともリスナーの興味を誘ったのかもしれません。木曜日のパーソナリティーの花咲茉莉亜が、十代の頃からちょっと有名な、いわば街のアイドルのような存在であったことも。そして番組の企画兼ディレクターが看板アナウンサーのひとりである、野々原桜子さんだということが、きちんと安定した番組を作り上げることに、何よりも力になっていたのでした。

千草苑の店内は広々としています。天井の高い古い木造の洋館で、大きな窓ガラスからは街と街路樹、そして空が見えました。温室のように光とあたたかさが降りそそぐそこでは、遠い国からきた名も知れないような樹木や花が、あざやかに葉を光らせ花びらをひらいていました。あるいは誰もが名前を知り、なじんでいるようなありふれた草花もそこではきれいな鉢に入れられ並べられていて、そのどれもが宝石のように美しい姿なのでした。

そして奥にあるガラス張りの冷蔵庫の中の花や花束の美しいことといったら、まるで絵画のようなのでした。広い店の中には緑と水の香りが静かに流れ、その中に小さなカフェ千草とFM風早のサテライトスタジオがあったのでした。

たくさんの緑と花に囲まれた、透明な四角い水槽のようなスタジオのブースの中、小洒落《こじゃれ》たテーブルと椅子に座った茉莉亜は、ヘッドセットをつけているほかは、いつものようなカフェのエプロン姿。目の前に置かれたマイクをまるで気にもしていないようなようすで、そばにいる桜子さんからの合図を待っています。茉莉亜と同じテーブルを挟んだ反対側にはまだ学生のように見える若い青年。こちらはラジオに慣れないのか、テーブルの上に置かれた手は緊張でぎゅっと握りしめられているし、足はかすかに震えています。この春にやっと単行本が出たばかりの、この街在住の新人少年漫画家、有城竹友《うしろたけとも》先生でした。

猫やかわいい女の子が出てくるような、のほほんとした心温まるファンタジーを描く漫画家なのですが、ほのぼのとした雰囲気と木訥《ぼくとつ》で優しい言葉が面白いという話をサイン会を開いた本屋さんから聞いた局長さんが、突如として、この番組に起用したのでした。

有城先生の視点から見ると、ある日突然、ＦＭ風早から電話がかかってきて、局に呼び出され、なんだかよくわからないままに、ラジオに週に一度出演することになった、という感じでした。もともと音楽もラジオも好きだったのと、人に頼まれると断れないお人好しな性分だったので、流されるように、毎週木曜日に、茉莉亜と二時間を過ごすことになってしまったのでした。

そして、春から秋のいままで、このスタジオで、何回も茉莉亜と向かい合ってきたわけですが――。

番組のオープニングのテーマが流れ始めました。夕暮れ時の華やかな街の雰囲気と、一抹の寂しさと、一日の疲れを癒やすような優しさが旋律になった、美しい音楽でした。

ああ、今日も美人だなあ、と、有城先生は目の前の席でテーマ曲を聴いている茉莉亜についい見とれてしまいます。毎週見とれてしまうのです。後れ毛を耳にかき上げるあの仕草も、原稿に視線を落とす、あの伏せたまなざしも、なんと美しいことでしょう。

有城先生は学生時代からこの街に住むようになりました。なので、地元のアイドル茉莉亜のこともまったく知りませんでした。番組が始まる前、顔合わせのときに放送局の会議室で初めて会って、そしてそのときから恋に落ちたのでした。

最初は美しい姿に一目惚れしました。次に声と話し方、その会話の楽しさに魅了され、笑顔をずうっと見ていたいと思いました。

そして、何回かこのスタジオで会ううちに、有城先生は、茉莉亜の持つ不思議な寂しさと、その笑顔にときどきうっすらと漂う影のような悲しみにも惹かれるようになったのです。

有城先生は漫画家なので、自分が感じたことをうまく言葉で表現することが出来ません。ただ、絵で描き上げることは出来ました。

ある日、ペンタブを使い、アトリエのパソコンの中に描き上げたのは、茉莉亜の肖像画。ただそれは、魚の尾を持つ人魚の姿で、そして彼女は泣いていました。

アシスタントをしてくれている、学生時代からの友人が、その絵を見て聞きました。

「なんで人魚？」

「描いてたら、人魚になった」

似顔絵を描いてほしいと頼まれたのです。社交辞礼に違いないと思いつつ嬉しくて、無心に描いていたのです。

途中までは、茉莉亜の姿を描いているはずでした。それもにこやかに笑う、いつも見ているマイクの向こうの笑顔を描いていたつもりだったのです。

「なぜかなあ。こう、人魚っぽいんだよなあ」

それも一人きり、人間の世界に迷い込み、寂しさを抱えて暮らしているような、そんな人魚姫。ほんとうはここにいるはずではないのに、なぜか迷子のように泣きながら、街で暮らしている人魚のお姫様。

「泣いている顔なんて、一度も見たことないと思うんだけどなあ……」

茉莉亜はいつも笑顔で。少なくとも、週に一度の木曜日、その夕方に、あの千草苑という大きな花屋で会うときの彼女は。

ひょっとしたら、それ以外のとき、あそこ以外の場所で会えば、たとえばお茶や食事にでも誘えば、もっと違った表情の彼女と会えたのかもしれませんが、スタジオで目と目を合わせただけでも緊張してしまうほど、彼女を意識している有城先生には、そんなことはできそうにありませんでした。お茶に誘う自分なんて、想像しただけで、めまいを起こしそうでした。

なので、自分が時々彼女の笑顔の陰に見る、ふとした悲しみや寂しげな表情が、気のせいなのか、ただの思い込みなのか、それはわからないままなのでした。自分以外の誰も、そんなことはいわないので、ほんとうに、有城先生の、気のせいなのかもしれないのですけれど。

あるいは、茉莉亜がただ美しいだけのひとなら、有城先生はここまで好きにならなかったかもしれません。実は割と惚れっぽく、きれいなものやかわいいものが好きなたちで、いままでに何度もたくさんのひとを好きになり、ふられたり少しつきあったり（そしてやっぱりふられたり）してきました。

でも、茉莉亜の表情のその悲しげな影は気になりました。それも無理はないというか、この有城先生というひとはとことん良いひとで、困ったひと泣いているひとがいたら、ほっておけないたちのひとだったからなのでした。


と、茉莉亜が目を上げ、こちらを見ました。

なんですか、という形に口元が動きます。

有城先生ははっとしました。そう、番組はもう始まっていたのでした。

有城先生は慌てて首を横に振り、真っ赤になった顔を伏せて、テーブルの上で指をくみました。目を伏せるとちょうど茉莉亜の美しい胸元の辺りに視線がいってしまうので、それはそれで困ったもので、有城先生はまた顔を上げました。

ちょうどそのとき、自分の背後で、ディレクターの桜子さんがスタートの合図を茉莉亜に送ったのが気配でわかりました。

茉莉亜がマイクのスイッチを入れます。慌てて有城先生も自分のスイッチを入れました。音楽を聴くような表情を浮かべながら、茉莉亜がにこやかにしゃべり始めます。

「『トワイライト・ブーケ』。みなさんこんばんは。花咲茉莉亜です。昼と夜とがすれ違う、空に不思議な魔法がかかるこんな時間、みなさんいかがお過ごしでしょうか？」

「ここ、こんばんは。有城竹友です」

なんとか言葉を続けました。胸の奥がばくばくと鳴っています。いつも番組が始まるときにはあがってしまうのです。何回オンエアを経験してもなれません。でも大丈夫、と、自分にいい聞かせました。けっしてしゃべりがうまいわけではない、いかにもな不器用な話し方が受けて、自分はここにいるのです。求められているのは、いわば「ちょっと変わったリスナー代表」みたいなキャラクターだと自分でわかっていました。普通でいればいいのです。番組は目の前の茉莉亜がうまく盛り上げてくれるし、自分の背後にいる桜子さんが穏やかに進行していってくれます。そう、大丈夫。話しているうちに落ちついてくるから……。

今日も全く危なげなく、番組はスタートしました。リクエストのメールやはがき、ファックスの紹介があり、曲がかかります。イベントの告知や、商店街の安売り情報が流れます。リスナーと対話するための、今日のテーマの紹介があり……そのほとんどを、茉莉亜が流れるように華麗な言葉と、うたうような色彩のある声で、上手に進行させていきます。

有城先生はたまに相づちを打つだけ、笑い声を響かせるだけの効果音のような存在に、ついなっていました。そのタイミングさえも、茉莉亜の視線や笑み、仕草に上手に誘導されて、ちょうどいい感じに決められているようなところがありました。でもそのことが、有城先生には不快ではありませんでした。

たまに茉莉亜は笑顔で、ブースの外に手を振りました。そこにいる番組のファンたちにでも手を振ったのでしょう。普段着のパーソナリティー茉莉亜は、なにしろこの街の人気者でした。

笑顔でふいにこちらを振り返りました。

「さて、有城先生」

「は、はい？」

「今日のテーマは、『ちょっと不思議な物語』。身の回りで起きた奇跡や、信じられない出来事、そんなことについてリスナーの皆さんの投稿を募集しているわけですが」

「はい」

「先生は、不思議を信じますか？」

「えっと、不思議、といいますと？」

「お化けとか幽霊とか、生まれ変わりとか。死後も魂は存在するかとか、ですね」

「うわ、怖いなあ」

先生は身を震わせてみせました。事前に今日のテーマは知らされていたので、すぐに言葉を続けました。

「お化けはちょっと怖いですけど、もしあえるものなら、あってみたい幽霊はいますね。ていうか、ぼくのそばにいるらしいんです、幽霊。自分じゃ見えないんですけど」

「まあ。それはまたどんな」

茉莉亜が声を潜めます。でも、目は楽しそうにきらきらと輝いていました。

「えっと、その、猫なんです」

「猫？」

「ぼくが小学生の頃、一番の友達だった野良猫です。とても仲良しで、いつも一緒に遊んでいたんですが、ある日、ぼくの目の前で、車にひかれて死んじゃって。どうもそれがお化けになってぼくについてるらしいんです」

「まあ」

「大学時代の友人に、霊感があるって奴がいて、そいつが教えてくれたんです。おまえ、なんでいつも白猫をつれてるんだって。ぼくの目には見えないんですけどね。いつもそばにいて、ぼくを守ってくれてるらしいんです」

話しながら、先生は、こんな話、ラジオで話しても聴いている人は面白いのかな、と、自信をなくしてきました。自分には大切な、大事なことなのだけれど、変な奴だと思われてるんじゃないのかな、と。

茉莉亜の澄んだ瞳が、まっすぐにこちらを見ました。その話を続けて、と。

なので、先生は顔を上げ、言葉を続けました。

「ぼくには見えない猫なんですが、そういわれてみれば、ときどき不思議なことが起きるんです。街を歩いていて、猫の声がしたような気がして立ち止まり、振り返ったら、進もうとしていた目の前を暴走車が通り過ぎていったり。あのときあと一歩前に出ていたら、ぼくはいまここで、しゃべっていなかったかもしれません。

徹夜明けの朝、旅行に行く予定だったのが、玄関を出ようとしたときに、部屋の中で猫の声がしたような気がして、どうしても気になって戻って扉を開けてみたら、台所のガスコンロの火がつきっぱなしになっていて、危うく火事を起こしそうになっていたとか」

「まあ、それは」

「あと、ひとり暮らしの下宿で、ひどい風邪を引いて寝込んでたことがあるんです。食べ物の買い置きがなくて、でもどこにも買いに行けなくて死にそうになっていたら、友達が食料を持って助けに来てくれたことがあって。

夢に白い猫が出て、すぐに有城を助けにいけ、といったからきたっていうんです」

「まあ、まあ、まあ」

有城先生は笑いながら、いつか涙ぐみ、少しだけ洟《はな》をすすりました。いつもこの猫の話をすると、泣けてきてしまうのでした。

「でもぼくには、猫が見えないんです。だから、ほんとうに白猫がぼくのそばにいるのかどうか、自分ではわからない。そもそも、魂ってあるのかどうかも、わからないですものね。

でも……」

有城先生はにっこりと笑いました。

「ぼくは世の中に不思議はあってほしいと思っています。ぼくのそばにきっと白猫はいる。ぼくのそばには小学生の時に友達だった野良猫が、いまも一緒にいてくれるんです。たったひとつ、いつか願いが叶うことがあるならば、猫が見えるといいのにと思うんです。そしたらぼくは猫に話したい。小学生の頃からぼくは漫画家になりたいって話していたけれど、ほら、いまのぼくは漫画家になったんだよ、って。ほんとは、もしお化けでも猫缶を食べられるものなら、とびきり上等な高級猫缶を買ってきて、食べさせてあげたいんですけどね。子どもの頃は猫缶が高くてあまり買えなくて、給食の残りのパンしかあげられなかったので」

つい涙ぐんで、でもすぐに笑顔に戻って顔を上げると、茉莉亜が目にうっすらと涙をためて、自分を見ているのに気づきました。

茉莉亜が涙をすっと指先で拭き、そして、次にかける曲の曲名を告げました。

同じ頃、花咲家の近所の、唄子さんの屋敷では、布団に入った唄子さんが、木太郎さんに思わぬ内容の告白をしたところでした。

唄子さんの細い手が、布団の上から、自分のおなかの辺りを丸くなでました。愛しいものを抱くように。

唄子さんは、若い頃に病気で子宮をなくしていました。悪い病気をして、生きるために手術で切除したのでした。

深いしわの刻まれた目元に、一筋の涙が流れました。

「どうせ再発するなら、残しておけば良かった。そうしたら、子どもが産めたかもしれない。この家に子どもがいて、皓志さんを幸せにしてあげられたかもしれないのに」

「いや、奴は幸せだったろう？　いつもそういってたじゃないか？」

木太郎さんはむっとしたような顔をして、唄子さんにいいました。掛け布団を掛けてあげ、「ポットにお湯を沸かしてくるからな」といいました。その背中に、独り言のような、静かな声がかかりました。

「あのひとは優しいひとだから、そういっていただけよ。わたしを傷つけないために、そういってくれていただけだと思うわ」

思わず振り返ると、唄子さんは涙がいっぱいにたまった目で、いいました。

「ねえ、わたしはあのひとと結婚して良かったのかしら。あのひとはほんとはもっと良いひとと結婚して、たくさんの子どもや孫に囲まれるような暮らしがほしかったのではないかしら。木太郎さんのような暮らしが……」

白く痩せた手で、顔を覆いました。

くぐもった声で、いいました。

「わたし、あのひとに、幸せな暮らしをプレゼントしてあげることが出来なかった。あのひとはわたしの幸せを最後まで守っていてくれたのに。苦しかっただろうに、わたしに最後まで、最後まで感謝して逝ってくれたのに」

「『トワイライト・ブーケ』。時計の針は五時を回りました。このあと天気予報を挟んで、今日のテーマ、『ちょっと不思議な物語』の続きです」

茉莉亜は笑顔でアナウンスを続けました。

この日のテーマは反響が大きく、たくさんの不思議なお話が集まりました。あるものはメールで、そしてあるものは番組のアカウントにあてたTwitterのリプライやファックスで。怖い話や謎めいた話や、誰もが知っているような都市伝説や、実は勘違いでした、というような笑える話の投稿もありました。いやオカルトなんて所詮は錯覚、惑わされずに生きた方が幸せになれます、なんて断言するメールがあったりもしました。

そして、猫好きのリスナーが多いのか、さっきの有城先生と白猫の話に、感動しました、いつか猫ちゃんとお話しできるといいですね、という内容の投稿が何通も集まりました。

そういう投稿を紹介しながら、茉莉亜がいいました。

「『ちょっと不思議な物語』、わたしはね、できるならあった方が楽しいなあと思っているんですよ。だって、魔法も奇跡も現実にあった方が、絶対楽しいじゃないですか」

「楽しい、ですか？」

「はい。だって物語や童話や、絵本の世界のようなことが、ほんとうにあれば嬉しいでしょう？　科学や数学で割り切れるようなことばかりの世界って、つまらないと思うんです、わたし」

「ああ、まあ、そうですね」

有城先生は笑いました。

茉莉亜も笑い、そしていいました。

「ご存じかもしれませんが、この風早の街は、都市伝説の類いがたくさんある街なんです。神々や精霊、妖怪や幽霊の話も多くて、角の一つ一つ、通りの一本一本に伝説が伝えられているような、ここはそんな街なんです」

「なるほど。それでこんなに投稿が多いんですね」

「先生は、植物に心があるって知っていますか？　草木にも思いがあり、ひとが好きで、ひとと話してみたいと思っているって」

「え」

「でも、草木の声はあまりに小さいので、普通のひとの耳には聞こえないんだそうです。

──わたしの祖父に聞いた話なんですけどね」

楽しそうに、茉莉亜は笑いました。

「でも、ある一族の人々は、先祖代々、草木の言葉を聞く耳を受け継いで生まれてきているのだそうです。そして草木は、その人々を自分たちの友だと思い、彼らを守る。彼らが望むなら、魔法のような力を貸すことも出来る。たとえば傷を癒やしたり、火事からひとを守ったり、緑たちは、そんなこともできるというんです。そんな不思議な力を持つ人々が風早の街にはいるっていうんですよ」

「面白いですねえ。でもなんでその一族の人々だけ、そんな不思議な力を？」

「祖父がいうには、その一族の先祖が、かぐや姫を預かり育てたことがあるらしいんですね。竹から生まれた姫、月から来た女の子を大切に育てた。やがて姫はおとぎ話の通りに泣く泣く月に帰って行ったんですが、お礼にと、月に咲く金木犀の木の一枝を贈り、草木の声を聞ける耳を、贈ったというんです。素敵な話でしょう？」

「かぐや姫ですか。それはまたロマンチックな……」

有城先生は、ふと茉莉亜の笑顔に見とれました。目の前にいるそのひとは、きらきらと輝く瞳をして、どこか懐かしそうな、それでいていたずらっぽいような微笑みを浮かべて、有城先生のことを見ているのでした。

「……おとぎ話みたいで、素敵ですね」

でなかったらSF小説みたいだ、と有城先生は思いました。『竹取物語』は日本最古のSFだ、なんて話がなかったでしょうか。

「まあ、その一族の話はおとぎ話だとしても」

と、茉莉亜は言葉を切りました。

「植物には心があって、人間が好きで、話しかけたいと思っているというのは、ほんとのことかもしれないなって思うんですよ」

茉莉亜はいいました。

「わたしね、十代の頃に母と死に別れているんです。高校生のときです。それがひどい話で、母と喧嘩して家出している間に、死なれてしまって。死に目にも会えなかったんです。でも植物のおかげで、母の葬式に立ち会うことが出来たんです」

えっ、とつぶやいただけで、有城先生はうまく受け答えすることが出来ませんでした。

こんなふうに茉莉亜が長く話し続けることも珍しかったから、タイミングを失ったということもありました。茉莉亜は会話がうまく、華のあるパーソナリティーでしたが、本来はリスナーの投稿を紹介するのがうまかったり、ゲストや有城先生を上手にのせて気持ちよくしゃべらせたり、と、そちらの方にその才能を使うことが多かったのです。基本的に聞き上手で、自分のことは極力話題にせずに、脇役に徹するタイプの話し手でした。

それがいま、自分のことを話している——それもなんだか深刻で重たい話を。有城先生の手のひらに冷たい汗が浮かびました。

でもいまはオンエア中なのです。素人なりに、自分が――木曜日担当で彼女とペアを組んでいる自分が、上手に相づちを打つなり何なりして、茉莉亜が話しやすいようにしてあげなくては、と思いました。

と、静かなBGMが流れ始めました。会話の邪魔にならない程度の音量で、リクエストのあった洋楽の新曲が流れています。自分の背後にいる桜子さんの判断だろうと思いました。彼女にいまの話を続けさせようとしているのです。そして勘のいい茉莉亜は、打ち合わせもなしで、桜子さんの意をくみ取ったようでした。曲のタイトルとリスナーの名前を紹介したあと、茉莉亜は話し始めました。

「高校生の頃、わたしわがままで自信家の嫌な子だったんです。小さい頃からわたし、ちょっとだけかわいくて賢かったから、変な風に自信もって育っちゃったんでしょうね。両親のとても若い頃の子どもで、かわいがられて育ったから、それもよくなかったみたい。お姫様みたいな高校生に育っちゃった。

わたし両親のことをいまは尊敬しているんですが、あの頃は自分を大事にして惜しみなく愛情を注いでくれた父を、ちょっとだけ馬鹿にしてましたし、母とは喧嘩ばかりでした。うちの母はね、天使のように優しくて賢くて。家族や周囲のひとみんなに常に気を配るひとでした。誰か泣いているひとはいないか、傷ついているひとはいないか、ぐるぐる見えないレーダーを回してるみたいなひと。いつでも泣いているひとのために差し出すハンカチをポケットに用意しているような、そんなひとでした。

母はもちろんわたしのことを愛してくれていて、わたしの幸せを望んでいてくれたんですが、わがままなお姫様のわたしは、とても天使とは一緒に暮らせませんでした。わたしのためによかれと口にする一言一言が、いちいちわたしの気に障るんです。そして母は、愛が深い故に、心配性でもありました。わたしが何かひとりで行動しようとするごとに、大丈夫？　と口癖のように必ずいうんです。たとえば、少し遠くの街に、友達同士で映画を見に行くとか、その程度のことでも。

おとなになったいまなら、母の不安も心配もわかるんです。十代の、高校生の女の子が、自分のことを過信気味に遠出しようとしたり、わずかでも冒険しようとしたりすれば、それは、『大丈夫？』の一言もつい口をついて出ることでしょう。けれど、その頃の幼かったわたしは、いちいちかちんときていたんです。母はわたしを馬鹿にしている。わたしのことを信頼していない、そんなふうに。わたしは高校生だけれどちゃんと放送局その他でアルバイトもしている。たくさんのおとなのひとたちから、しっかりしている、信頼できるってほめられてる。将来の夢に向かってがんばっている。なのになんで母さんだけは認めてくれないんだろう？　わたしのこと嫌いなのかしら？

それでね、ある十月の朝に家出したんです。ちょうど今の時期、金木犀が街に香る季節です。あの朝、母は珍しく不機嫌でした。その数日前から、風邪をひいて伏せっていて、自分にいらだっていたのかもしれません。母と喧嘩になりました。原因は何だったでしょうね。良くは覚えていません。ただ何か朝食のおかずのこととかその程度の他愛のないことがきっかけだったと思います。具合の悪そうな母のことを心配して口にしたことがうまくうけいれてもらえなかった、そんなやりとりもあったかも。幼稚園児だった妹が、喧嘩するわたしたちを見て怖がって泣いたのも、いらついちゃいましたね。きょうだいのことは好きで大好きなんですけど、あの日はむかっとしました。その日は金曜日でした。わたしはあるだけのお小遣いを持って、家を飛び出したんです。電車に乗って北の街をめざしました。なんとなく北の海を見たいような気がしたんです。どこまでもどこまでも電車をのりついで、窓の外の景色が夕方になり夜になるのを見ていました。いくつもの町や村や畑や山やトンネルを見ました。一人旅って憧れてましたけどさむざむとするばかり。楽しくなんてなかったですね。

電車の中で一泊。どこかの山奥の無人駅で一泊。どこかの町の売店でパンやおむすびを買いましたけど、疲れと怖さでほとんど食べませんでしたね。さすらううちに、遠くの知らない街の駅について、駅前ターミナルから空港行きのバスに乗って、そのままさらに北に向かう飛行機に乗りました。

北の街っていったって、別に行く当てがあったわけじゃないです。ただあのときはバイトでお金が貯まっていたのと、遠くに行きたかったのと——そうですね、ひとりでどこにでも行けるんだということを、母にわかってほしかったんだと思います。だから、飛行機に乗った。あれが生まれて初めてのひとりきりの空港で、ひとりきりの飛行機でした。怖かった。胸が弾むような思いがしましたが、でも怖くて、誰かにつつかれでもしたら、泣いてしまいそうでした。

あれから何年もたったのに、今の時期がくるたびに思い出します。金木犀の香りをかぐたびに、あのときの自分の、寂しさと切なさと怖さと、でもひとりでいくんだ、いけるんだ、と決心したときの、氷の世界を旅していたような気持ちを思い出せますね」

茉莉亜は微笑んでいました。でも、その目には薄く涙が浮かんでいました。

子どもの頃の一人きりの冒険も、両親に認めてもらいたかった気持ちも、有城先生にはわかりました。自分にも経験があったことのような気がしました。けれどとっさに上手な言葉は思いつかなかったから、ただ深くうなずきました。その仕草が少しは茉莉亜の助けになったのでしょうか。

彼女は息をつき、言葉を続けました。自分を笑うような、そんな表情で。

「ほんとに何も知らない子どもでしたね。飛行機のチケットって当日空港で買うと、それは高いんです。でも買いました。そこまでしていった北の知らない街の小さな空港で、それからどうしたらいいのかわからなかったんです。だって、その日まで自分がそこに行くことになるなんて思っていなかった街だったんですもの。それでもなんとか空港の中で、観光協会が置いていたチラシを見つけて、ちょうどその街の秋祭りの時期だってわかりました。じゃあこれを見に行こう、とりあえず街に行ってどこかに泊まろう、とか思って、公衆電話であちこちに電話をかけたんですけど、高校生の女の子ひとりを泊めてくれるホテルなんて、みつかるものじゃないですよ。それにね、大きな祭りの時期だったから、そもそも空いている部屋なんてなかったんです。

わたしは空港からどこにもいけなくなりました。あの空港、寒かったですねえ。不安で悲しくて、泣きたくて。疲れて、あたたかいものがほしくて、立ち食いのお店で、うどんを食べました。熱いきつねうどん、美味しかった。ちょっと涙の味がしました。

空港はいつも、どこでもそうなんですけど、旅の途中の人たちがたくさんいます。週末の小さな空港はにぎわっていました。再会して喜ぶ人たちや、別れていく人たちや。どこかにいくべきところがあって、旅立っていく人たちを、わたしはただ見ていました。そして、自分にはいくところがないんだなあ、と思いました。いっそ家に、風早の街に帰りたかったんですが、うちにはもう帰れないと思いました。それはもう、高校生なりの意地ですね」

ふふ、と茉莉亜は笑いました。

「そのうちに陽が暮れてきました。秋の陽はあっという間に落ちてゆきます。広い窓の向こうに見える北国の空は、みるみるうちに色を変えて夜になり、丸い月が昇ってきました。そしたらね。不思議なことが起きたんです。はい、ここでやっと本題です。ここまで枕が長くてすみません」

茉莉亜は明るい声でいうと、目の前の有城先生に、そしてたぶん、いまこの街で自分の声を聴いている、たくさんの街の人々に向かって、言葉を続けました。

「月が昇る窓の前に、大きな壺《つぼ》が置いてあって、そこにね、一枝の金木犀が生けてあったんです。とても良い香りがしていました。いまだったら、あんなに香りが強い花は、人が集まるところには置かないのかもしれないですね。でも十年前の地方の空港には、その北の街の空港には、その枝が置いてあったんです。金色の星を散らしたような金木犀が」

茉莉亜は遠くを見るような目をしました。まるでいま、その花の枝が視線の先にある、というように。

「実はわたしの家にも、大きな金木犀の木があるんです。だからわたし懐かしくなって、その枝のそばにいったんですよ。月の光を受けた金木犀の花が、わたしを呼んでいるように思えましたし。そしたらね、そのときたしかに、声がしたんです。『早くうちにお帰りなさい。帰らなきゃだめ』って。

わたしははっとしました。そうしなければいけない、と悟るみたいに思ったんです。すぐに帰らなければならない。でもね、その日はもう家の方角に向かう飛行機がなかったんです。わたしは空港からJRの駅に移動しました。そして陸路で電車を乗り継いで、長い時間をかけて家に帰りました。——帰ったら、家はばたばたしていて。近所の人たちが集まってきていて。ええ、その前の前の日に亡くなった母の葬式——告別式がこれからというところだったんです」

それからしばらく、茉莉亜は言葉を飲み込むようにしていました。やがていいました。

「携帯電話、もっていたんですけどね。家からかかったらうるさいからとか思って、ずっと電源を切っていたんです。だからわたしは、母が亡くなったということを知りませんでした。でもね、誰もわたしのことを責めませんでした。父も近所の皆さんも、誰も。心配していた、よく帰ってきた、お別れにまにあってよかったというばかり。

わたしの母との最後の会話は、喧嘩したあの朝の、『もう二度と帰ってこない』っていった、あの言葉です。わたしから母に投げつけた言葉。馬鹿ですね、わたし。とんだ親不孝者です。

それでもわたしは、母との最後の別れだけはすることができました。棺の中の母は、やつれてはいましたが、笑っていました。まるでわたしにお帰りなさいをいうように」

茉莉亜は優しく微笑みました。その目には涙は流れていませんでしたけれど、でも、心の中にはたくさんの涙が流れているのが、有城先生にはわかりました。

「金木犀が咲くごとに、わたしは十年前を思い出します。あのときの花の声がなかったら、わたしは母と最後に会うことが出来ませんでした。帰るべきところに帰ってくることが出来なかった。……だからわたしは、花の心や優しさを信じています。信じたいかな、って」

ふふ、といつもの明るさに戻って、茉莉亜は笑いました。

「ではここで道路交通情報を」

何事もなかったかのように情報センターの今日の担当のひとの名を呼ぶ茉莉亜に、有城先生ははっとして壁の時計を見ました。

ブースの外にある時計、千草苑の古いカッコウ時計は、五時十八分、道路交通情報を流す時間になっていました。

茉莉亜には珍しく、感情に流されてしゃべっているように見えましたけれど、そこはいつもより長めにしゃべったというだけで、番組の進行上押さえるべきところは、ちゃんと押さえていたのでした。

ふう、と有城先生はため息をつき、ちょっと笑いました。そうして、また自分が目の前のこの不思議な女性、人魚姫のような茉莉亜に惹かれたことに気づいたのでした。

道路交通情報が終わり、間にコマーシャルを挟んで、また音楽とおしゃべりの時間になりました。さっきの茉莉亜の十年前の話について、たくさんの反響がありました。その中には、花はしゃべるはずがないし、そもそも心なんてないんじゃないでしょうか、というちょっとしらけたような言葉もあったのです。

思わず、有城先生は口を挟んでいました。

「花に心があったっていいじゃないですか。いやそんなこと……そんな夢みたいなことって、思われるかもしれないですが。でもぼくは、ぼくはそういう奇跡や魔法を、信じる方が生き方として好きです。これをいうと笑われるんですけど、子どもの頃からサンタクロースだってずっと信じてますし……」

「まあ」と、茉莉亜は笑いました。

「茉莉亜さんも笑いますか?」

いいえ、と、茉莉亜は楽しそうに首を横に振りました。いたずらっぽく両手にあごをのせて、笑いながらいいました。

「有城先生の場合は、キャラにあってるっていうか、サンタクロースとか信じてらっしゃいそうに見えますもの。矛盾してないです」

「いいですよ。どうせぼくは漫画家ですし。サンタ服が似合いそうな体型してますし」

「いいえ、有城先生はいいひとそうだって話ですよ。いかにも妖精や魔法の世界を信じていらっしゃいそうに見えるから」

ころころと楽しそうに笑いながら、茉莉亜はいいました。そして、マイクに向かって語りかけたのです。

「この世界には、魔法も奇跡も存在しないのかもしれません。草木には魂はなく、ひとを愛することも、ひとと言葉を交わすこともないのかもしれない。……でも、そういい切ってしまうよりも、わたしは魔法を信じたい。花には心がある。語りかければ花にも言葉が届くと信じていたいのです」

有城先生は思わず、いいました。

「あ、あの、茉莉亜さんの言葉なら、届くような気がします。その、さっきおっしゃっていたおとぎ話の一族のひとみたいに、不思議な力がありそうな気がするんです」

「そうですか?」

楽しげに茉莉亜は笑いました。

「じゃあ、話しかけてみましょうか。この街のどこかで、ラジオを聴いているお花の皆さん。さあ、ちょっと咲いてみましょうか？

わたしの声が聞こえますか？」


唄子さんは、ひとり寝室で眠っていました。目を閉じ、懐かしい畳の匂いをかぎながら、天井を向いて眠っていました。古い友人は、もう帰ったのでしょうか。さっきうとうとしていたときは、まだそばにいたような気がしていたのですが。いまは気配がないようです。

時計の音がします。いつだったかの結婚記念日に、友人たちが贈ってくれた美しいからくり時計でした。時を刻む針の音を聞いていると、いままでのことが何もかも嘘のような気がします。——皓志さんが亡くなったのは悪夢か何かで、いまもちゃんと生きていて、ほら、この隣の布団に。

目を閉じたまま、手を伸ばしてみました。けれどそこには畳があるだけ。何十年もそばに在った、皓志さんの布団はありませんでした。目尻に新しい涙が流れました。わかっていました。寝息が聞こえませんもの。

「あのひとは、いつも軽くいびきをかいていて……」

軽い感じのいびきは、どこか楽しげでユーモラスで幸せそうで、聞いていると、安心して眠れたものでした。

あのいびきは、もう聞こえません。唄子さんのそばに在りません。もう戻ってくることもありません。これから先も、永遠に。

両手で顔を覆って、唄子さんは泣きました。

それがわかっていたから、わかってきたから、この家とこの街を離れたのでした。旅人になったのでした。思い出から逃げるために。あのひとがいないという現実から逃げるために。旅空の下にいれば、空想することも出来ました。実はあのひとは生きていて、あの家で自分の帰りを待っていてくれているのだと。白い犬のポチと一緒に。花の咲いた庭で。満開の桜の木の下で。

「つい……帰ってきちゃった」

唄子さんは笑いました。

「自分の空想を、本気で信じたくなっちゃった」

異境の地で、からだに痛みを覚え、以前調べた知識から、悪い病気の再発だろうと思いました。再発ならば助からないのかもしれないと思いました。すると怖くて、とても悲しく寂しくなって、家に帰りたくなったのでした。どうしても。

熱のある頭で、疲れた心で思ったのです。もしあのひとが死んでしまっているのが事実だったとしても、もしかして何か奇跡が起きて、ただいまと扉を開けば、あのひとが玄関で笑顔で迎えてくれるのではないか、と。

でも、やはり、そんな奇跡はありませんでした。戻ってきてもやはり、唄子さんは一人きりなのでした。

「ほんとにおばかさんねえ、わたしったら」

唄子さんは笑いました。泣きながら、笑いました。疲れと悲しみのせいか、熱が上がってきたのがわかりました。ひんやりとした古い布団に、からだが重く沈み込みます。

自分はこのまま死ぬのかもしれないなあ、と思いました。そうしたら夫とまた再会できるのでしょうか?

それなら幸せだけれど、たぶんそんなことはないのだろうなあ、と思いました。

きっと魂なんてないのです。ひとは死んだらそれっきり。心も優しい思いも、肉体と一緒に焼かれて塵になって消えてしまう……。

「魂なんて、天国なんて、ないのよ」

その証拠に、皓志さんは会いに来てくれませんでした。もし天国からこの地上が、風早の街が見えるなら、きっと、唄子さんに会いに来てくれたはずなのに。いいえ、いっそ天国などには行かず、ずっと唄子さんのそばにいて、守ってくれたに違いないのに。

皓志さんだけではありません。木太郎さんの家のお嫁さん、あのかわいらしく愛情深かった優音さんは、早くに亡くなりました。風邪をこじらせて急に死んでしまうなんて、ひどい死に方をしました。あの子はとても優しい子でした。いまどきの世界には珍しいような、天使のような娘で、三人の子どもの良きお母さんでもありました。あんなにいい子が無残に死んでしまうなんて、やはり神も仏もないのです。そして彼女が、優音さんが地上に帰ってこない以上、やはり天国はなく魂もなく、ひとは死ねばそれっきりなのでしょう。

「どんなに呼んでも戻ってくれないなんて」

魂なんてないのです。どんなに深く愛していたって、死んだらすべて終わり、消え去ってしまうのです。まるでガラスの汚れを拭き取ってしまうように。

おとぎ話にあるように、死んで肉体の衣を脱ぎ捨てたあとは、魂だけの存在になれればいいのに、と思いました。そうしたらきっと、このまま自分が死ねば、また皓志さんと出会うことが出来る。ポチとも会えるかもしれない。世界のどこかで、また家族で暮らせるのかもしれないのに、と思いました。

「ああ、だけど」

唄子さんはつぶやき、胸の奥から深い息を吐いて、思いました。

死んで心が消えてしまうのなら、何ももう考えられなくなるのなら、それも救いなのかもしれないと思いました。心が消えてしまうのなら、もうさみしくはないのです。二度と会えないひとたちを思って泣くこともない。失われてしまった幸せな情景をもう一度取り返したいなどと、叶わない夢を見ないですむのでしょう。

「はかないなあ、命って」

笑えました。どうせ死んでしまう命なら、なぜ生まれてくるのでしょう。風に吹かれ消えてゆく塵《ちり》のように、なくなってしまう命なら。でも、命に意味がないからこそ、地上にはたくさんの命が次々に生まれ、ほろほろとほろほろと、砂が落ちるように死んでいくのかもしれません。海の波が砂浜に寄せる、その繰り返しのように、命はただ生まれただ消えていく、それを果てしなく続けてゆくだけなのかもしれません。

「意味が、なかったのかしら……」

もしただ消えていく命なら、自分や夫や、あのかわいかったポチの生涯はなんだったんだろうと思いました。

「あの楽しかった日々に、意味はなかったのかしら……」

もし自分と結婚しなかったら、夫はもっと幸せな人生を辿り、ひょっとして長生きできたのかも、と、唄子さんは思いました。そのひとを亡くしてから何回も思っていたことを。

この家で暮らしていた頃を、懐かしく思い出します。閉じたまぶたの裏側で。静かに熱い涙を流しながら。

あの頃は夫がいて、庭に白い犬がいて。

風にそよぐ花々が咲く、北欧風の庭には、まるで小さな妖精たちが住んでいそうで。

春には桜の花が、春の女王のように花盛りの枝を広げ、満開になりました。

愛情に包まれていた日々でした。たぶんあの草花が、桜の花の花びらの一枚一枚が、与えられた愛が形になったものだったのです。

優しく無口な、いつも穏やかな笑顔を浮かべていた夫が与えてくれた愛。

たくさんの愛を与えられてきたのに、自分は何も返せなかったのだなあ、と思いました。

気がつくと、額に氷嚢《ひょうのう》が載っていました。

古い氷嚢です。うちのものではないので、木太郎さんが家から持ってきてくれたものだろうと思いました。

部屋の中はうっすらと暗くなっています。腕時計を見ると、じきに夕方の六時。いくらか時間がたっていたようです。時間は思ったより速く過ぎたようでもあり、まだこれほどしか過ぎていなかったの、と思えもしました。

「ああ、氷嚢をとりにいってくれたのね」

それで、しばらく、木太郎さんの気配がなくなっていたのでしょう。

気がつくと台所の方から、ひとの足音がします。そしてお米をとぐ音。くす、と唄子さんは笑いました。勝手知ったる台所、夕飯を作ってくれているのでしょうか。それが不自然とは思えないほど、木太郎さんと唄子さんは、長い長い間、友人同士だったのでした。

かすかに音楽が聴こえたような気がしました。人の話す声がします。ラジオの音だと思いました。この家にはラジオといえば、この寝室にあるステレオのラジオだけ。それもだいぶ前に壊れていました。台所から聴こえる、あのちょっと薄っぺらい雑音混じりの音は、小さなラジオの音だと思いました。

音を聞くと、ほっとしました。

ああ、この家があまりに寂しいから、ラジオを持ってきてくれたのかな、と思いました。唄子さんはラジオが好きでした。木太郎さんも。そして皓志さんも。最初の頃はＡＭラジオ、やがてＦＭラジオ。ラジオは、小さな箱は、何もなかった焼け跡の街に、元通りの平和な街を作ろうとしてきた昭和の人々に、唄子さんたちに、音楽と笑いと、ニュースとスポーツとそれを応援する歓声と、ドラマと、たくさんのものをもたらしてくれたのでした。

若い頃からいままで、駆け抜けるように時代の中を生きてきたな、と思いました。昭和の時代の変化もずいぶんと起伏があり速度がありましたが、平成に入ってからは、良いことも悪いこともあまりにもいろいろありすぎて、息切れがしそうでついていくのがやっとのようでした。

ふう、と、もう一度唄子さんはため息をつきました。いつもそばにいてくれた皓志さんと、かわいかったポチと。家族がいないのなら、もうひとりきりでこの日本でこの街で生きていけるとは思えませんでした。もう自分はすっかり疲れたのだから、休んでもいいや、と思いました。このまま静かに布団に溶け込むように眠って、何も感じない塵のようなものになって宇宙に消えて、それでいいのだと思いました。どうせ自分の人生など意味があるものではなかった。存在していてもいなくても、同じようなものなのです。

それならば、もう消えてしまっても……。

『わたしの声が聞こえますか？』

誰かがいったような気がしました。

澄んだ、優しい声が。

懐かしく楽しげで、華やかな声。

そう、ちょうど庭のシンボルツリー、桜の木がひとの声を得て話すとしたら、あんな声だろうと思いました。

窓の外が、障子の向こうが明るいような気がしました。黄昏時《たそがれどき》を経て、もう夜に近づいているはずなのに、おかしいなあ、と思いました。

そのとき、犬の声が聞こえたような気がしました。上機嫌な犬の声。こちらを向いて、呼んでいるような、そんな吠え声です。尾を振り、前足で地面を叩き、口を開けて笑っている、そんな姿も見えるようでした。

「……ポチ？」

そんなはずはないと思いました。

でもあれは、若い頃、まだ元気だった頃の愛犬の声だと思いました。

気がつくと、障子にはらはらと、光のきらめきのような、小さな影が映っています。

唄子さんは立ち上がり、そっと障子を開けてみました。

「あ」

桜吹雪でした。

庭に、桜の花びらが舞っています。

一面に小花が咲いている、北欧風の、草原のような庭のその中心に、あの春の女王のような桜の花が、枝に満開の花を咲かせているのです。

その下に、ポチがいました。若くて元気だった頃の姿に戻って、白い耳をはためかせ、ちぎれるほどに尾を振っています。そしてそのそばには、あのひとが、皓志さんが微笑んで、少しだけ照れたような表情で、こちらに手を振っているのです。

唄子さんは震える手で、ガラス戸を開けました。ストッキングをはいただけの足で、庭に降りました。

草を踏んで歩いて行っても、すぐ近くまで近づいても、そのひとと犬の姿は消えませんでした。

やがて、一面の桜が咲く中で、懐かしいひとの顔を見上げました。

そのひとの口元が動きました。

ただいま、と、いったかもしれません。あるいは、ごめんね、といったのかも。ポチがあんまり吠えるから、喜んで二人の周りをぐるぐる回るから、そのひとの優しい声が、よく聞き取れません。

でも、そのひとが自分の手を取り、目を見つめていった一言だけは、聞こえました。

『幸せを、ありがとう』

気がつくと、ひとりだけで庭に立っていました。

桜の木のその枝には、花は咲いていません。ただ枝が風に揺れているだけ。

「そうよねえ、いまは十月ですもの」

木の下には、皓志さんの姿も愛犬の姿も、もちろんありません。

草の汁と泥で汚れ、破れたストッキングのそのつま先を見て、唄子さんは少し笑いました。

でもそれは、悲しい笑顔ではありませんでした。浮かんだ涙を丁寧にてのひらでぬぐい、唄子さんは静かに顔を上げ、桜を見ました。

咲いていなくても、唄子さんには、満開の姿が見えていました。なぜって何回も何回も、五十回を過ぎるほども、春ごとに見ていた姿でしたから。幸せな記憶をたくさん、春ごとにもらっていたのですから。

唄子さんは手を胸元に当てました。そっと傾けた耳に当てました。

思い出も、声も、消えないのだな、と思いました。

皓志さんの声も言葉も笑顔も、愛犬ポチの声も、みんなここに残っています。それはもちろん、いつか唄子さんが亡くなってしまえば、一緒に消えてしまうものなのかもしれません。でも、もしいつか消えてしまうものだとしても、なくていいものだとは唄子さんには思えませんでした。はっきりと、いま、そう思いました。

「あってもなくても同じじゃないの」

ここにいた、たしかにみんなここにいた、そうしてたしかに幸せだった。宇宙の時の流れの中で、それはすぐに過ぎ去ってしまう一瞬のことだったかもしれないけれど、でも、価値のないことではないのだと思いました。

「無駄なことじゃあ、なかったのよ」

あのとき感じた幸せは、失われてしまったけれど、でも、存在しなかったわけではありません。たしかに、この胸にあったのですから。

そしてポチは老いて死んだけれど、ひとよりも短かったその生に意味がなかったとはいえません。いわせないと思いました。こんなにわたしたちを愛してくれたのだから。

唄子さんは顔を上げました。そのまま目を閉じました。思い出の桜の花の花明かりの中に、そして唄子さんは夫の微笑みを見ました。

「あのひとは、幸せだったのよ」

うん、とうなずきました。そうでないと思うことは、皓志さんに失礼で、怒られてしまうことのような気がしました。

「だって、わたしは幸せだったんですもの」

この生で、よかったのだと思いました。

自分も、あのひとも。

ゆっくりと目を開けました。ふと手のひらを開けると、桜の花びらが一枚、魔法のように、そこにありました。

「鶏のスープを作ったよ」

素っ気ないようないい方で、木太郎さんが縁側から声をかけました。

「おむすびも握った。ちょうど昨日、いいお茶を買ったところだったから、もってきた」

お茶の缶を振ってみせました。

「まあ、嬉しい」

唄子さんは笑いました。

木太郎さんに向かって歩いて行きながら、

「おむすびの具はなあに？」

「おかか、梅干し、それにゆかり」

「肉味噌は？」

「急いで握ったからなあ。食べたいなら、明日の朝食に握ってこよう」

「約束ね」

「ああ」

「わたしそれをいただいたら、久しぶりに、前にいってたお医者様にご挨拶にいってくるわ。おなかを診《み》ていただかないと」

「病院、いくのか？」

木太郎さんを見上げ、明るい表情で、唄子さんは笑いました。

「気のせいなら安心だし、もし再発なら早めに治さなきゃでしょう？」

縁側に上がろうとする唄子さんに、木太郎さんは手をさしのべ、上がらせてくれました。

唄子さんは、ありがとう、と、お礼をいいました。

「桜、ありがとう。咲かせてくれて、ありがとう」

なんてことはないよ、というように、木太郎さんは笑いました。

　同じ頃、りら子と野乃実は学校から一緒に帰るところでした。りら子は自転車を押しながら、野乃実はのんびりと歩きながら、ふたりで学校のそばに在る古い商店街を歩いていきます。野乃実の家の近くまで歩いて、そこでさよならするのが二人の日課でした。

　そこはりら子の家がある、大きな商店街に比べれば、おじいさんやおばあさんが多い、ひなびた感じの、でも落ち着く商店街でした。豆腐屋さんの車が、ラッパを吹きながら通り過ぎていきます。夕ご飯の買い物をするお母さんが、小さな女の子の手を引いて歩いて行きます。その手にはどこでもらったのでしょう、青い風船が揺れていました。

　空は、黄昏時《たそがれどき》の不思議な青紫色の光に包まれていました。東の方、地平線近くはもう夜の群青色になっています。そんな空に青い風船は溶け込むようでした。

　りら子は、野乃実と話しながら、その親子の様子を、笑顔で見守りました。自分もあれくらいの年の頃、お母さんに手を引かれ、風船を手に歩いていたことがあったな、と思ったのです。

　と、その手を離れて、風船が空へゆらゆらと上がっていこうとしました。街路樹の鈴掛《すずかけ》の木をかすめて、天へ上がっていきます。

　女の子が泣きそうな顔をして、風船に手を伸ばし、空を見上げます。

　りら子は、野乃実に、自転車を押しつけました。そして、街路樹を見上げ、その手を触れました。口の中で、お願い、と、つぶやきました。

と、風もないのに街路樹の枝が動きました。自分のそばを通り過ぎようとした風船の、その糸を、枝が捕まえたのです。もちろんその動きは、ただの偶然に見えたことでしょう。りら子が鈴掛の木に何を願ったのか知らない人々には、ただ風船が木の枝に引っかかったのだとしか見えなかったに違いありません。

ですから、何が風船を捕まえたのか、りら子と野乃実、そして鈴掛の木ほんにんしか、知ることはなかったのです。

風船が枝先で揺れているのを確認すると、りら子は、よし、とうなずきました。そして地面を蹴ると一気に木に駆け登り、風船をその手に抱え、下へと飛び降りてきました。

びっくりした顔と喜びの顔を交互に繰り返しつつ、自分を見上げていた女の子へと身をかがめ、片手でスカートを直しながら、はい、と、青い風船を手渡しました。

「もう逃がしちゃだめだよ」

ありがとうございます、と、女の子はいいました。そばにいたお母さんも、お礼をいって頭を下げました。

いやいや、そうたいしたことじゃ、と、りら子は手を頭にやって笑い、見守っていた野乃実から自転車を受け取ると、足早にその場を去りました。ほほが赤くなっていました。

もともと照れ屋だし、ひとにお礼をいわれるのはあまり得意ではないのでした。でも、急ぎ足で歩みさるそのときに、ちらりと鈴掛の木を振り返るのを忘れませんでした。

ありがとう、と、お礼のまなざしを投げたのです。

『どういたしまして』

小さな、鈴を振るような声がしました。

それは誰にも聞こえない、妖精の声。

小さな女の子を喜ばせるお手伝いが出来て良かったと、ひっそりと喜んでいる、一本の木の言葉でした。


放課後の小学校。その職員室で、花咲桂は、担任の石田先生から話を聞いていました。

読書感想文コンクールの最終選考、それはどのようなものなのか、いつ頃行われるのか、そんな話を聞き、褒められたりもしていたのです。

先生の（多少乱雑な）机の上には、『みどりのゆび』という、昔のフランスの作家が書いた、子どもの本が載っていました。

「それにしても、花咲。これはずいぶん昔の子どもの本だよなあ。久しぶりにこれを読んだぞ。先生が子どもの頃にも、もう昔の本になっていたような本だぞ」

「えっと、あの……父が本好きなので、うちにありました」

「そうか。花咲の家ならまあそうだろうな。お父さん文系理系ともにどんな分野も博識でらっしゃるものなあ。それにしても不思議な本だよな。植物と友達で、花を咲かせる子どもの話か」

「はい」

桂は微笑みました。

「魔法みたいな不思議な力で、花を咲かせ、みんなを幸せにしようとする子どもの話です。ぼく、この本好きなんです……」

先生は頭をかきました。

「うーん。先生も本は好きで、子どもの頃よく読んでいたけど、どうせ魔法や奇跡が出てくるような話なら、もっとこう、剣と魔法で戦うようなのが好きだったけどなあ。おまえは頭がいいというかなんというか」

「ぼくも、剣と魔法の世界好きです。超能力で戦っちゃうような話だって好きだから、ライトノベルだって読みます。――でも……」

桂は少しだけ得意げに笑いました。

「この本の世界は、ぼくにはリアルな世界だったんです。だから感想文が書きやすくて」

「リアルな世界か。すごいなあ」

桂はほほを赤くしました。姉と似て、結局は照れ屋で恥ずかしがり屋なのでした。

広いダイニングで夕食をとる唄子さんのために、木太郎さんはお風呂にお湯を張りにいきました。途中で、廊下から庭の桜の木を見ました。さっきの一瞬の満開の姿など、まるでなかったことのように澄ました顔をしてそこにいる古い桜の木を。

一瞬の満開のあの姿は、古い桜の木が、木太郎さんの願いに応えてみせた、特別な姿でした。それは、唄子さんのためだけの、幻の大きな花束のようなものだった、と、いえないこともありません。

自分から、桜の木から、庭から、そしてきっと、皓志さんや犬から渡された幻の花束。

廊下に立ち止まり、どこか得意げな桜の木を見ながら、ふと木太郎さんは微笑みました。

若い頃、まだこの国が焼け跡だった時代の記憶が新しかった頃、木太郎さんは、いつか自分の愛する人に花束を贈る、それを夢見ていました。古い映画の中でよく見る情景のように、とっておきの美しい花にリボンをかけて、愛する人に贈れたら、と。

その夢は、いつか唄子さんにとびきりの花を贈りたいと、そんな夢に姿を変えていました。あの妖精の羽のような青い花を贈り損なって、悲しい思いの中に、夢は潰《つい》えました。

その夢を半ば忘れたまま、たくさんの人々のために花束を作り、渡してきました。そういう仕事をしてきました。

でもあの日の夢は、いま叶ったのかもしれない、と思いました。

幸せな思いで、微笑みました。

夕方の五時四十五分過ぎ。

『トワイライト・ブーケ』は木曜日のそのオンエアの時間がそろそろ終わる頃でした。

「さて本日の特集、『ちょっと不思議な物語』いかがでしたでしょうか？　かなり盛り上がった、楽しい二時間でしたね」

茉莉亜はマイクの前で笑いました。

ディレクターの桜子さんから手渡されたたくさんのファックスのその紙の束を、マイクのそばで楽しげに鳴らしてみせました。

「こんなにたくさんのファックス、ありがとうございました」

有城先生も、番組宛のメールがたくさん並んでいるタブレットPCを手に、言葉を続けました。

「今日はメールもたくさんいただきました。みなさん、えっとありがとうございました」

「Twitterの声も盛り上がっていたみたいですね。みなさん不思議な話、大好きなんですね。まあ、わたしも好きですけど」

「あはは、ぼくもです。……あの、ところで」

番組のTwitterのタイムラインを見ながら、そのたくさん投げかけられたリプライの言葉に目を走らせながら、有城先生はいいました。

「さっきの、茉莉亜さんの言葉ですが……」

「はい、言葉といいますと?」

「わたしの声が聞こえますか、って」

聞こえたら咲いてください、と、茉莉亜はその澄んだ声を電波に乗せたのです。この街の花たちに向けて、呼びかけたのです。

「ああ、はいはい」

「自分のそばで花が咲いたってそういう投稿がたくさん来てるんですが……。枯れかけた花や木が元気になったとか……」

「まあ素敵」

茉莉亜は軽く手を合わせていいました。

「そういう不思議や奇跡が起きたとしたら、とっても素敵ですよねえ」

「は、はい」

エンディングの音楽が始まっていました。

茉莉亜はマイクの前で、絵のような笑顔を浮かべて、いいました。

いつもの番組終了のそのときの言葉を。

「『トワイライト・ブーケ』。黄昏時に花束を。

昼と夜のあわいの時間には、現世と夢幻のものと、二つの世界の存在が、ともに街に現れると聞きます。不思議な出来事も、奇跡も魔法も、存在できる時間なのかもしれません。

もしも魔法があるならば、いま、優しい奇跡があなたに起こり、心の奥の傷を癒やし、明日へ進むための力になりますように」

静かなピアノ曲が流れてゆきます。

空が、華やかな紫と紺に彩られてゆく、そんな時間に。

サテライトスタジオの透明なブースを取り巻く、遠い南国の椰子《やし》の木や蔓草たちが、茉莉亜を見守るように、その葉を茂らせ、大きな冷蔵庫の中には、色とりどりの薔薇や可憐なかすみ草、レースフラワーやブルースターが、楽しげに花を咲かせていました。――楽しげに咲かせているように、有城先生の目には見えたのです。自分と、そしてリスナーたちと同じに、茉莉亜の声と音楽に聴き入っているように。

有城先生は、ただ茉莉亜のその微笑みに見とれていました。危うく、最後の、

「また来週」

という二人一緒の呼びかけの声を忘れてしまいそうなほどに。

やっと茉莉亜と声を合わせ、その挨拶をして、茉莉亜が口ぱくで、こら、と軽く怒った、その表情に、笑いながら頭をかきました。

エンディングの曲は静かに流れ、夜風に溶け込みながらフェードアウトしていきます。

千草苑の中庭の金木犀の木は、金色の星のような花を咲かせ、その香りもまた風に乗り、十月の澄んだ空気を金色に染めていくようでした。それはどこか、幸せな魔法のような、ひとに街に、祝福を与えていくような、そんな色合いで。

夏の怪盗

秋の日は暮れるのが早く、さっきまで夕焼けの赤色に染まっていた空も、もう夜の葡萄《ぶどう》色になっていこうとしていました。

駅のそばにある駅前中央公園。古い時計台があるその公園のそばで、りら子は配達の帰りの自転車から降りて、一つ息をつきました。

茶色い目は、時計台のそばのベンチの方に向いています。楠《くすのき》の緑の葉に抱かれるように置かれたその木のベンチは、まるで絵本の中の情景のように、赤と黄の薔薇《ばら》のアーチの下にありました。お姫様や、恋人同士が座るのに良いような素敵なベンチです。でもいまは、そこには誰も座っていません。古い木のベンチはただ街灯に照らされているだけでした。

薔薇は四季咲きの性質を持っていますが、特に秋の薔薇は美しく咲きます。薔薇たちは形の良い花びらを夜空の中で広げ、良い香りをさせていました。

りら子はまた一つため息をつくと、自動販売機でココアを買いました。

「りらちゃん、配達の帰り？」

と、自販機の前の灯《あか》りの中に、親友の野乃実《ののみ》が姿を現しました。

今日は土曜日、高校はお休みでした。野乃実は夕食の準備のお買い物なのでしょうか。古い買い物かごからにんじんや玉葱《たまねぎ》が見えていました。野乃実の家は共働きなので、夕食は野乃実が作ることもあります。また野乃実は料理がうまいのでした。

「野乃実もココアでいい？」

「うん」

熱い缶ココアを渡すと、野乃実はポケットから財布を出そうとしました。りら子は笑って首を振りました。

重そうなかごの方を見る、りら子の視線に気がつくと、野乃実は笑って、

「駅前のスーパーが今日お野菜安かったから」

といいました。

「カレー？」

「うん。作るのは明日だけどね。今夜は母さんが、お仕事の帰りにデパ地下のお総菜を買ってくるっていってたから、お味噌汁とサラダだけ作ったらいいかなって思ってる」

「いいなあ、カレー。野乃実のカレーって美味しいんだよね」

「明日のお昼にするから、りらちゃんも食べに来ない？　とんかつあげてカツカレーにし

ようかな、って思ってるところ」

「いく。絶対いく。約束する」

「わかった。じゃあカレーたくさん作るね」

野乃実のお母さんは駅ビルの本屋さんで、週に二度、パートの書店員をしています。野乃実の家は小さな文房具屋さんで、お父さんが主にお店を経営しているのですが、それだけでは生活が苦しいのだそうです。千草苑《せんそうえん》と同じく、戦前からある古いお店なので、何とか残していこうと試行錯誤しているのだそうで、たとえば雑貨や文房具、本について積み重ねてきた知識や人脈があるのを売りにして、ネット上での商売もしていました。

野乃実のお父さんは作家志望で、軽妙洒脱《しゃだつ》な文章を書きます。りら子はそのひとの文章のファンでした。野乃実のお父さんの方でも、ネットやパソコンの話が出来る、理系のりら子をもうひとりの娘のようにかわいがってくれていました。りら子がきっかけで出会った、お父さん同士も気が合うのかいまでは友人同士、花咲《はなさき》家と真丘《まおか》家は、家ぐるみでつきあいがあるようなものでした。

だから、花咲家の人々の秘密を、真丘家の人々も共有していたのです。

植物と友達で会話が出来るだなんて、ひとに話しても信じてもらえないような、メルヘンめいた特殊能力です。なので、ことさらに内緒にしよう、何が何でも隠さなければ、というほどに秘密にしていることでもありません。けれどおおっぴらに話すようなことでもないので、今の代の花咲家の人々は、曖昧《あいまい》に時にごまかしながら、「普通の人間」たちの世界で暮らしているのでした。

でもそれにしても、ごまかさずにほんとうのことを話したくなる相手は限られてきます。りら子の場合、その相手は幼い頃からの親友の野乃実で、打ち明けたのは幼稚園の時、お母さんを亡くしたあとのことでした。その後、小学生の頃には、野乃実のお母さん、そしてお父さん、と一族の物語を話していったのでした。

姉の茉莉亜《まりあ》が誰に秘密を打ち明けているのか、それとも誰に対してもごまかしているのか、そこのところは、りら子は知りません。どうせ聞いても笑うばかりで、教えてはくれないのだろうとも思っています。

弟の桂《けい》は、まだ誰にも一族の秘密を話していないようです。この子はもともと口数が少なく、友達と遊ぶよりも本を読む方が好きな子なので、あるいは心を開けるようなほんとうの友達とはまだ巡り会っていないのかな、と、ふと心配になるときもあります。

祖父の木太郎《もくたろう》さんは、子どもの頃からの友人だというご近所の磯谷《いそがい》さんには昔から秘密を話していたそうです。なので、りら子たち子ども三人を孫のようにかわいがってくれているその人たちは……いまは奥さんの唄子《うたこ》さんだけが残されてしまいましたが、りら子たちがちょっと変わった子どもだということを自然に受け止めているようでした。

それどころか、随筆家《ずいひつか》の唄子さんは、りら子が庭の花々と明日の天気についての話などしていると、「素敵ねえ、魔法みたい」と、目をきらきらさせて見つめていたりするのでした。唄子さんはロマンチスト。海外のファンタジー小説が好きで、良い本を見つけるたびに、旅先からでも送ってくれたりします。そもそも唄子さんは贈り物が好きで、まるで季節にお構いなしのサンタクロースのように、花咲家の子どもたちにきれいな服や楽しいおもちゃ、かわいい雑貨を送ってきてくれたりする人でした。

「あなたたちがいるとね。わたしも素敵な世界に生きているような気がしてくるの」

唄子さんは、前にそういいました。

「世界は時に残酷で。ひとが生きていくには悲しいことが多くて。神様なんていないんじゃないか、願っても叶わないんじゃないかって思うことも多いけれど。でもね、お花や木とお話しが出来るあなたたちを見ていると、やっぱり神様は世界にいてくださるんじゃないかなって思うのよ。――なぜって」

唄子さんは美しい笑顔でいいました。

「こんなに優しい、かわいらしい力を持つ人々が地上にいるなんて、偶然のはずがないでしょう？　これは神様の起こした奇跡で、その力は祝福の魔法だと思うのよ」

りら子はこの美しく優しいおばあさんがとても好きでした。お母さんを早くに亡くした自分たち三人が寂しさを感じる暇もないほどに愛情の翼にくるんでくれたひとでもあります。でも、りら子はやはり、魔法なんてこの世界にあるのだろうかと思ってしまうのです。魔法や奇跡を地上にもたらしてくれるなんて、そんな優しい存在があるのなら、なんで天使のように優しかったというお母さんの、優音《ゆの》は死ななくてはならなかったのだろうと、いつもそこに思いが帰ってきてしまうからでした。

幼稚園児だった頃、りら子やお父さんの草太郎《そうたろう》さんがどんなに泣いて悲しんでも、逝《い》ってしまったお母さん。笑顔でさよならしたけれど、きっと死にたくなんてなかったに違いないお母さん。目の前でその死を見たときに、りら子は悟ったのでした。——神様なんていないいんだ。現実は目で見えていることだけがすべてで、絵本やお話の世界にあるみたいな、楽しい、素敵なことってないんだ、と。

だから、強くならなくちゃ、と思いました。願い事や希望があったとしても、祈ったり願うことでは望みは叶わない。それならば、願い事は自分で叶えるしかないのです。

遠い日、お母さんのお葬式の日に、空に上がってゆく、お母さんを焼いた煙を見上げながら、りら子はそう思い、涙をぎゅっとにぎった拳でぬぐったのでした。

神様がいないなら天国はないのかもしれない。お母さんの魂は自分を見ていてくれるわけではないのかもしれない。でも、もう泣かないと約束したから、その約束は守ろう。強くなろう、と。

それだけが、優しかったお母さんに、たった一つ、自分がしてあげられることだと思ったからでした。

そう。自分たちが持つこの不思議な力は、きっと何か科学的に説明がつく能力なのです。いままで魔法だとされてきたことのほとんどすべてが、現代、科学の光を当てられると、説明できることになってしまったように。

神様や魔法や奇跡を信じない子どもになってしまったことは、少しだけ寂しいことでした。まるで空気が薄くなってしまったような、息苦しいことでもあり、自分ひとりだけで世界を生きているような、心細いことでもありました。いつか自分も死んだら塵になり、お母さんがそうだったように、焼かれて、空に上ってゆく細い煙になって終わるのだと、そう思うことは目の前の景色のすべてが色あせてゆくような、寂しいことでした。幼かった頃のりら子には、うまく言葉に出来ませんでしたが、たぶんそのとき心に巣くった思いは、「絶望」。そんな言葉に近かったのだと思うのです。どうせいつか存在が無になるのなら、生きていく意味なんかないじゃないかと、そんな思い。

「りらちゃん、座ろう」

ベンチに腰を下ろした野乃実が、ジャケットの裾を引いて、りら子を見上げました。優しい目を、古い時計台に向けます。

「あの時計台、六時ちょうどの時間に願い事をすると、願いが叶うっていうでしょう？ちょうどよかった。ほら、あと五分」

「それ、久しぶりに聞いた」

「そうだっけ？……そうかも。わたしも久しぶりに思い出したかも」

缶ココアから白い湯気をほわほわと立ち上らせながら、野乃実は笑います。

「五年生くらいの時だっけ？　すごいクラスではやったの。願い事が叶ったとか叶わなかったとか、みんなで実験したりして」

「友達の友達は、憧れの芸能人に会ったとか。呪いをかけたら死んじゃった人がいるらしい、とかね。ネットにこんな噂《うわさ》があったとか」

ココアを飲みながら、りら子は苦笑してうつむきます。「友達の友達」とか「ネットの噂」とか、典型的な都市伝説。はなからそんなもの、りら子は信じていませんでした。

野乃実が、めがねをかけ直しながら、時計台の文字盤を見つめます。

「六回鐘が鳴り終わるまでの間に、願い事を三回、心の中でつぶやけばいいんだっけ？」

「そうだったかな」

「時間があるような、ないような」

やがて二つの針が、真上と真下を指しました。古い時計台の、どこか外国の教会の鐘のように晴れやかな音が、秋の夜の風に乗って、風早《かざはや》の街の空に流れていきました。

鐘が鳴り終わるまでの間、ベンチでうつむいていた野乃実は、やがてふうっとため息をつくと目を開け、りら子を振り返りました。

「願い事、しちゃった。三回唱えたよ」

「よかったね」

「りらちゃんのことお願いしたのよ」

「えっ。何で？　何を願ったのさ？」

野乃実は笑顔で立ち上がりました。缶ココアを上を向いて飲み干すと、丁寧にゴミ箱に入れました。

「りらちゃんに、何かとっておきのいいことがありますように、って」

「ええ、別にそんなこと願わなくてもいいのに。どうせなら自分のこと願えばいいのに」

どうせりら子は、そんなもの、何も信じていないのですから。

「ココアのお礼。わたしはいま十分幸せだから、特に願い事ってないんだもん」

にこっと笑う野乃実は、りら子が知る限り、いつも幸せそうな女の子でした。

この子が悲しいと泣いたのは、その泣き顔を覚えているのは、りら子が自分のお母さんが死んだことを伝えた、そのときくらいのものでした。そう、それ以外では、本を読んで泣いたり、ニュースで見たひどい事故や事件の話題で涙を流すくらい。そんな子でした。

「りらちゃん。わたしが唱えた願い事だもの。きっと叶うよ」

「そうかな?」

「そうだよ」

だってわたし、あの時計台が願い事を叶えてくれるって信じてるもん、と、邪気のない笑顔で、野乃実はいいました。

「きっとね、心の奥底で、ずっと願っていた願い事が叶うような、そんなことがあるよ」

自分が少しばかりドラマチックな環境に生まれ育った子どもだったのに、まともな(たぶん)明るい元気な女子高生に育つことができたのは、この野乃実がそばにいたからなのかもしれないなあ、と、ときどきりら子は思います。

お互いにまだ幼くて、使える言葉も少なかったそんな時代に、友達の中でたったひとり、自分の口から、お母さんが死んだことを伝えた、幼稚園の仲良しの友達。

その言葉を聞いたとたん、立ったまま、涙をぽろぽろと流して泣いてくれた野乃実。泣くことをやめたりら子の代わりのように泣きじゃくってくれた野乃実の、あの日の涙を、自分は一生忘れないだろうとりら子は思っています。

言葉にならない涙でも、すべてのことがわかる時があります。りら子はあのとき、目の前の野乃実が大人になっても自分の親友でいてくれる子だとわかりました。だから、そのあと自分には不思議な力があるということを彼女に打ち明け、そして野乃実はそれを自然に受け入れてくれたのでした。

野乃実はよく自分のことを、何の取り柄もないごく普通の人間だといいます。でも、りら子はそんなことはないと思っています。

少しだけ普通の人間とは違う自分の目から見れば、世界にはいろいろと間違ったことも多く、人間なんて大嫌いだ、とさくっと切り捨てたくなることもあります。高校生といえどこの現代世界で暮らし、本を読み、ネットで多くの情報とふれあえば、それだけ絶望することも多くなります。

けれど、世界や人間に背中を向ける気になれないのは、きっと野乃実がいるからでした。もしいつか、何か決定的な、人間を嫌いになるような出来事と出会ったとしても、野乃実がいる限り、自分は人間を見限らないだろうと思っていました。――そんなこと、野乃実本人にはいうことはありませんけれど。

だって何しろりら子は照れ屋で、昭和がかって不器用な少女なのですから。

りら子は、時計台を見上げました。

自分はやはり、現実世界には夢も魔法もないものだと思っていますが、野乃実がそれを信じるなら、世界のどこかに、そんなものが存在していればいいのにな、と思いました。

「そういえば」と、りら子は、いいました。

「『とっておきのいいこと』、っていうのとはちょっと違うかな、と思うけど、ちょっとドラマチックで不思議なことならあったよ」

「ドラマチックで不思議なこと？」

「うん。夏にあったことなんだけどさ。ちょっと妙な話だから、野乃実には話してなかったと思う。――わたしね、怪盗にあったんだ」

「かいとう？　怪盗ってあの、泥棒さん？」

「それそれ。シルクハットかぶって、長いマント着て、モノクルかけた紳士が、このベンチに座ってたの。手には杖《つえ》まで持ってた」

「ほんと？　すごいね。怪盗がいたなんて」

野乃実は手を合わせ、目を輝かせました。

「『自称怪盗』だけどね。少なくとも、本人はそういってたから、嘘《うそ》じゃないなら、あれはたしかに怪盗だったんでしょう」

「すごいねえ。怪盗さんなんて、本やアニメの中だけじゃなく、ほんとにこの現実世界に存在していたんだねえ」

「そんな妖怪か何かのような言い方しなくても。でもまあ、リアルな日常生活からすると、その異質さはたしかに妖怪レベルの存在かもね。

ていうか、野乃実、こんな話信じるの？」

「りらちゃんがこんな嘘つくと思えないし。なんといってもこの世界には、植物とお友達の人たちなんてファンタジーが存在するんだから、怪盗くらいいたっていいと思う。

ねえ、かっこよかった？　怪盗さん」

りら子は、はあ、とため息をつくと、夜空を見上げました。

「腰が痛いっていってた。ちょっと坂道を上ると疲れて、杖ついて歩いてた」

「え」

「おじいちゃんだったのよ。怪盗も元怪盗っていうか、いったん引退したのが、最近わけあって復活したんだって話だったかな」

「へえ」

時計台の時計の、文字盤を見上げて、りら子は話し始めました。ある夏の夜に会った、年老いた怪盗の物語を。一晩きりの、ごくささやかな冒険めいた物語を。

もともとりら子は、人助けが好きでした。それも、相手が何が起きたか気づかないような、さりげない手助けをすることが。

花や木の力を借りれば、いろんなことができました。

たとえば、ころびそうになっていた小さな子どもを助けたり。ひったくりにあって困っていたお姉さんの代わりに、自転車で逃げ去ろうとしたお兄さんを捕まえたり。

ころびそうになっていた子どもは、道沿いの花壇に植えてあった紫陽花《あじさい》が、もったりと首を伸ばし、受け止めました。子どもは、偶然花が倒れ込んできたのかな、と思いました。

自転車に乗っていた悪いお兄さんは、道路沿いの壁にはえていた野生の蔦《つた》が、なぜか急に壁からほどけ、ぼたりと落ちてきてからまったので、自転車ごと倒れました。悪いお兄さんを追いかけていたお姉さんは、運が良かったと思い、そして内心、罰が当たったんだわ、なんていうふうにも思いました。

どちらも、りら子が草花に助力を頼んだことで起きた「魔法」でした。

理系のりら子には理屈《りくつ》も理論もわからない現象なのですが、なぜか花咲家の人々が草木に願うとき、草木は本来なら持ち得ないほどの「魔法」のような力を発揮して、人々をその力で救ってくれるのでした。

それはまるで、自分たちが隠し持つ大きな力でひとを救いたいと思っていた草木が、なぜだか自分たちだけでは動くことが出来なくて、りら子たち花咲家の人々の力と許可の言葉をうけて、嬉々として動いている姿のように見えるのでした。

メルヘンめいた現象だから、花咲家の他の家族たちは、魔法の延長線みたいに理解しているように、りら子には見えます。

魔法の力だから、先祖から受け継いだ力だから、とそれで納得できれば幸せなのにな あ、と思いながら、りら子はたまにため息をつきます。でも謎の現象だからといって、自分が草花と「友達」だということを否定しようとしないのは、一種合理的な考え方からでした。

昔から科学の世界では、「どうしてこれが可能なのかわからないけれど、なぜかできていることだから使えばいいよね？」みたいなことがたくさんあるのですから。

りら子としては、自分が持つ力で、ひそかに楽しいことが出来るなら、力のわけなんてどうでもいい、それでいいと思っていました。

人助けって楽しいものです。そして、人助けをしたいと思っている植物たちに力を貸してあげることが出来るということも。

そして、この夏のある夜。それはとても蒸し暑く、いまにも降り出しそうに空に雲が垂れ込めているような、そんな夜でした。

りら子は塾に行く途中、公園のベンチで、気になるひとを見かけました。会社帰りのOLさんなのでしょうか。街灯の光を受けて、かわいらしいお姉さんが、ひとりきり泣いているのです。それがもう、うつむいて、鼻を真っ赤にして、ぐしぐしと泣いて立っていると汗がにじむような、夜になってもじわじわと暑い、そんな夜に。

中央公園は駅や住宅地、商店街へと抜ける通り道になっているので、人通りも多い場所、なのに人目も気にならないという様子で、泣いているのでした。薔薇のアーチはいまはただの緑の照葉と赤い芽のアーチ。夏の薔薇は秋の花の時期に備えて、葉だけの姿になっているのです。花がない薔薇のアーチは、寂しげな、物足りないアーチに見えました。

あのお姉さん、失恋でもしたのかしら、と、りら子は思いました。自分はまだ経験はありませんが、学校のクラスメートや、近所の商店街のお姉さんなんかが、あんなふうに泣いているのを見たことがあります。

そのときは、かわいそうだな、と思いながら足早にそばを通り過ぎました。塾の始まる時間が近かったのです。他にも街の人たちが、やっぱり心配そうな視線を投げてそばを通り過ぎていっていました。

でもそのひとのことが気がかりだったので、塾が終わったあと、公園に行ってみました。もういないだろう、帰っただろうと思いながら、気になったのです。そろそろ人通りが少なくなる時間になっていました。暑くても虫だけは秋が近いのを感じているのか、静かに虫の声が響いています。甘い草花の匂いが立ちこめていました。

女子高生が公園のそばをひとりで歩くには遅い時間になりつつありましたが、りら子は幼い頃から、草木がそばに在る場所ならば何の不安も感じない人間でした。むしろ、あのお姉さんのことの方が心配だったのです。いくら駅のそば、繁華街のそばにある公園だといっても、夜の公園にはいくらだって悪者が潜《ひそ》めそうな暗闇がありました。

気がつくと駆け足のような足取りになりながら、りら子は時計台のそば、あの木のベンチのそばにたどり着きました。

「いた」

りら子は、公園にそびえている楠の、その幹によりかかり、陰に隠れて、そのお姉さんの方をそっとうかがいました。

あれからずっと泣いていたようでした。季節外れの薔薇のアーチの下で、からだを縮めて泣くお姉さんは、ひとりぼっちの迷子の子どものように見えました。

「あの、お姉さん」

りら子はつぶやきました。

そっと、遠くから猫のように手で招いて。

「……夜ももう暗いですし、家に帰った方がいいですよ。ほら、公園も、すっかりひとけがなくなっちゃって」

でもお姉さんはまるでベンチに根が生えたように、動くようには見えませんでした。

おとぎ話や民話の世界なら、泣いて泣き疲れて植物や石になってしまいそうな、そんな風に見えました。

真夏の、蒸し暑い公園で、虫の鳴く声を聞きながら、りら子はふうっとため息をつきました。そして、ちょっと考えると、夏の草が緑に茂る地面にふわりと座り込みました。

そっと地面に手を触れます。草を通して、りら子は、ベンチのそばの薔薇まで、自分の心を伝えました。元気の良い草たちの気配がうずまくように自分の手を取り巻くのを感じました。

すぐに、薔薇から返信がありました。

『いいわよ。やってみる』

楽しげなくすくす笑いが伝わってきました。いまからすることが楽しくて仕方ないような、いたずらっぽい笑い方でした。

「ありがとう」

りら子は小さな声で薔薇にいいました。

草木にはそれぞれに性格があり、相性のようなものもあります。りら子は薔薇の花と話すのが好きで、上手でした。それはきっと、昔から家に薔薇たちが咲いていて、その気まで華やかな性格に慣れているからかもしれないな、と自分で思っています。

ひとけのない公園、ただ虫の声だけが静かに響く公園の、その古い木のベンチで一人きり泣いていたお姉さんは、きっとその次の瞬間、自分が夢を見ているのだと思ったに違いありません。

一瞬にして、自分の周りにあった薔薇の木の、その枝という枝に花が咲いたのですから。

息をのむそのひとの目の前で、薔薇たちは次々につぼみをつけ、花びらをくるくるとひらき、良い香りをさせて咲いていきました。見る間に、まるでそのひとが王女様ででもあるかのように、美しい花の輪が、いくつもそこに生まれたのでした。それはたったひとりのひとのために生まれた奇跡。たったひとりしか見ることのない、美しい花の輪でした。

お姉さんは、顔を輝かせ、薔薇の花を手に取りました。手のひらにのせ、目を閉じてその香りを胸一杯に吸い込みました。

薔薇の花の輪は、やがて夜の空気の中に溶け込むようにその姿を薄れさせ、消えてゆきました。あたりにほのかな香りだけを残して。

草木が動くのも、花や葉を茂らせるのも、きっとそう長い間出来ることではないのです。また元の姿に戻らなくてはなりません。いまの姿は人間たちの気のせいだったというように、すました姿に戻らなければならないのです。

やがて目を開いたお姉さんは、薔薇の花がもう咲いていないことに気づきました。けれど、どこかそれが当たり前のことのように、うっすらと微笑むのが見えました。

たぶん、と、りら子は思います。理屈ではなく、ひとはきっと、いまのが通常の出来事ではなく、自分だけに起きた、一瞬だけの非日常だということを悟るんだろうな、と。いままでに何回も草花が起こしてきた「奇跡」に密かに関わり、何回も奇跡を目の当たりにした、普通の人々の、そんな表情を見てきたので、そうじゃないのかな、と思うのです。

お姉さんは少しだけ、元気になったように見えました。両手で涙をぬぐっています。

そのときでした。そのお姉さんが本格的に泣くのを忘れるような出来事が起きたのは。

闇の中に、ふわりと、薄闇色のマントが広がったのです。それはまるで、空から大きな鳥が音もなく舞い降りたような、そんな感じの出来事でした。

りら子は驚きました。勘が良い方なので、こんなふうに急に目の前に人が現れるなんてこと、まずないからです。そのマントのひとは、いきなり登場してきたのでした。

「お嬢さん、こんばんは」

優しく低い声が、ベンチのお姉さんに話しかけました。りら子の方からはマントの背中しか見えないそのひとは、どこか紳士めいた話し方をするひとのようでした。

でも、そのときにはりら子は思わず立ち上がり、二人のそばへと歩み寄っていました。

——なぜって、そのマントのひとが、遠目にも見るからに怪しい姿をしていたからです。そのひとは、こんな遅い時間に、長い灰色のマントだけでなく、おそろいのシルクハットまでかぶっていました。

りら子はいかにも通りすがりの近所の女子高生（にしては不自然に遅い時間ではあったのですが）らしい感じで、二人の間にそれとなく割って入ろうとしました。

が。

振り返り、マントのひとの顔を見て、りら子は三度驚きました。

最初に驚いたのは、そのひとがいかにもな怪盗のような、モノクルをかけていたということでした。というか、古めかしいマントとおそろいのスーツといい、手袋の手に持つ杖といい、その姿は怪盗でなかったらマジシャンです。

次に驚いたのは、声がきれいで若かった割に、その顔がしわのあるおじいさんだったということで、その次に驚いたのは……。

「——三角屋玩具店《さんかくやがんぐてん》のおじいちゃん？」

マント姿のそのひとが、子どもの時からよく知っている、近所のおもちゃ屋のおじいさんだったことでした。

街灯の下で、よくよく見ると、その額には汗が光っています。それはそうでしょう。こんな蒸し暑い真夏の夜に、これだけしっかり着込んでいれば。

「何やってるの？　こんな夜遅くに、そんな、怪盗みたいなかっこして」

「うっ」

モノクルのおじいさんは、言葉が胸に詰まったような表情になりました。次に、いくらか不自然な笑顔を浮かべて、いいました。

「君、それはきっと人違いでしょう。わたしは、三角屋玩具店なんておもちゃ屋さんのことは知りませんからね。ええまったく」

何を言うんだこの人は、と、りら子は思いました。それは最近、大きくなってからは、ということはここ数年は、おもちゃ屋さんにいくことはなくなりました。でも、小学生の頃は大好きだったお店です。商店街を歩くごとに、ショーウインドウの着せ替え人形やぬいぐるみに見とれていましたし、学校帰りに駄菓子を買いに行ったり、ビー玉やリリアン編みの糸を買ったりもしたのです。夏には家族で花火を買いに行ったりもしました。店の名前の通りに三角形の小さな敷地の中にある三角形の古いお店でした。作りつけの棚いっぱいに、プラモデルや魔術の道具や、いろんなものがぎっしりと詰め込んでありました。

その奥で、いつも楽しげに笑いながら子どもたちを迎えてくれていた店主のおじいさんのことを、その笑顔をいくらなんでも忘れたりはしないと思います。それは優しくて、でもちょっとだけ謎めいたところもある笑顔でした。

「だって、おじいちゃん……」

「おじいちゃんじゃありません。わたしは、通りすがりの怪盗です」

「は？」

といったまま、りら子が言葉を飲み込んだのは、泣くのも忘れたように、興味深げに二人のやりとりを見つめているお姉さんの存在を思い出したからでした。

「ああ、ええと……」

マント姿のおじいさんは、お姉さんに向かって微笑みかけました。そして、灰色のスーツの胸元に手を入れると、白いハンカチを取り出し、優雅な仕草で手渡したのです。

「どうぞこれをお使いください」

「えっ？」

お姉さんは目をぱちくりとさせました。ハンカチを流れで受け取りつつ、おじいさんの笑顔を、きょとんとした顔で見上げたのです。

おじいさんは、口元に優しい微笑みを浮かべて、ゆっくりといいました。

「こんな夜遅くに、あなたのように美しいお嬢さんがひとりで泣いていてはいけません。さあ涙を拭《ふ》いて、おうちにお帰りなさい」

「ありがとうございます、怪盗さん」

ハンカチで涙を拭いて、お姉さんは笑いました。白いハンカチを膝の上できゅっと握って、そして、いいました。

「大丈夫です。ええ、もうすぐに帰ります」

ふふ、と笑いました。独り言のように、いいました。

「泣きすぎたのかな、頭がぼーっとします。まるで夢を見ているみたい。……いいえ、夢を見ているのかも。今夜は不思議な夜でした。アーチの薔薇が、咲いているのを見たし。

ここの薔薇ね、思い出の花だったんです。幸せだった頃に、見た花でしたから」

「そうですか。薔薇が咲いているのを見たんですか。真夏の、この夜に」

優しい声で、おじいさんが繰り返しました。

お姉さんはふと、すがるような目で、おじいさんを見ました。

「見たんですよ、たしかに」

おじいさんは、ちょっとだけりら子に目を向けました。そして、お姉さんに向き直ると、

「そんなこともあるでしょう」

といいました。

「以前どこかで聞いた話ですが、ひとは誰でも、生涯に一度は、魔法に巡り会うといいます。もし今夜あなたに、薔薇の花が見えたとしたら、きっとそれは、あなたにとっての真夏の夜の夢——奇跡の夜だったのでしょう」

口の端をちょっときざにあげて、おじいさんはそのひとに微笑みかけました。

そのとき、りら子は、そのひとがおもちゃ屋のおじいさんだということを忘れ、ほんのわずかの間ですが、そのひとの表情に見とれていたのでした。

そう、その一瞬確かに、怪盗のような衣装は、そのひとに似合っていました。物語の世

界から抜け出してきた怪盗が、そこに立っているように見えたのです。

「そうですね」と、お姉さんは笑いました。

「きっとあれは魔法だったんでしょう」

小さな声で、付け加えました。

「こんな素敵なことがあるのなら、失恋して泣くのも悪くないですね」

ぽろっと涙を一粒落とすと、そのひとは涙を拭きました。そして、ゆっくりと立ち上がると、白いハンカチをおじいさんに返しました。手にしたバッグを軽く持ち上げて、

「大丈夫です。自分でも持っているので」

さばさばした笑顔になっていました。それがきっと、本来のこのお姉さんの笑顔なんだろうな、と、りら子は思いました。

お姉さんは伸び上がるようにして、時計台の文字盤を見ました。

「あら、もうこんな時間。帰らないと、バスがなくなっちゃう」

早く帰って、目を温めないと、明日、ひどい顔で会社に行くことになっちゃうわ、と、お姉さんは笑いました。

「えっと、通りすがりの女子高生ですが」

りら子は、お姉さんにいいました。

「カモミールのハーブティー、いれたあとのティーバッグを冷やして目の上にのせるといいらしいですよ」

「カモミール？」

「最近は割とメジャーなハーブっていうか、スーパーやコンビニの棚にもけっこうあります。りんごみたいな香りがする、白い花のお茶ですよ。ノンカフェインだから寝る前に飲んでも大丈夫ですから」

「ありがと」

お姉さんはにっこりと笑いました。

「せっかくだから、買って帰ろうかな」

そういうと、急に恥ずかしくなったように、りら子とおじいさんに軽く会釈して、早足で公園を出て行きました。

バス通りに向かって遠ざかっていく背中を見ながら、りら子は、ちょっとだけ苦笑していました。

我に返ったんだろうな、と思いました。

まあ普通の人だと、ふと、自分は夜の公園で、一体何をしているんだろうと思ったり、失恋なんて個人的なことを見知らぬ人々（それもうちひとりはあやしげな怪盗姿のおじいさん）に話していたりとか、その現実に気づけば、その場から逃げ去りたくもなるものだろうと思いました。

「だって、当たり前のことじゃないもの……」

真夏の夜の公園で、自分だけのためのように、薔薇の花が満開になったのを見た、とか。冷静になれば、自分は錯覚を見たんだろうかとか、泣きすぎてどうかなっちゃったんじゃないか、とか、怖くなりそうな出来事でもあったはずです。いまも早足で公園から立ち去りながら、あのひとはきっとどきどきとして、今夜の出来事を振り返っているに違いありません。きっとひどく混乱した頭で。

でも、と、りら子は思うのです。きっとあのひとは、これから先、何度も今夜あったことを思い出すでしょう。夢だったかもしれない、それとも錯覚かも、と思いながら。薔薇の花が幾重にも美しい輪になって、祝福するように自分を取り巻いたということを。怪盗姿の老人が、優しく白いハンカチを差し出し、魔法のことを語ってくれたということを。

そして、泣きすぎて腫れた目には、カモミール茶のティーバッグがきくらしい、という豆知識を。

「駅前のスーパーで、こないだ見かけたけどなあ、カモミール茶……」

あのお姉さんほんとに買って帰るといいんだけどな、と思いながら、りら子はそして、怪盗姿の老人のことを振り返ったのでした。

「で、三角屋のおじいちゃん。なんだってまた、そんなかっこうしてるわけなの？」

「ははは」と、おじいさんは笑いました。

「何でも不思議な魔法を使うって噂の、花咲家のりら子ちゃんが相手じゃあ、さすがにこの怪盗も正体を隠すことは難しいなあ。参ったよ。わたしの負けだ」

「わたしは魔法なんか使わないけど」

りら子は腕組みをしていいました。

「別にわたしじゃなくたって、この街の子どもなら誰だって、三角屋のおじいちゃんが怪盗に変装してるとしか思わないと思うな」

「そ、そうかい？」

「うん」

「……そうかあ」

おじいさんはしょげたように肩を落とし、ため息をつきました。

「若い頃、現役だった頃に比べれば、そりゃあ姿勢も悪くなったし、腕や足の筋肉も減ったから、仕事着が似合わなくなるかもなあとは思っていたんだけれど……」

「……『現役だった頃』って？」

おじいさんは、ウインクをしました。

「若い頃、わたしは怪盗だったんだよ」

「えっ」

「この街でおもちゃ屋を始める前の話だけどね。世界を渡り歩く怪盗をしていたのさ」

おじいさんは、腰に手を当て、ちょっとヒーローのようなポーズをとるといいました。

そしてすぐに、あいたたたと腰をなでました。すっかり腰を痛めてね、と笑いながら。

「わたしが若い頃、つまり昭和の時代にはね、この世界にはまだ、怪盗ってものがちゃんといたんだよ。この世界のあちこちで、神出鬼没《しんしゅつきぼつ》に華麗に登場し、冒険を繰り広げた伝説の大泥棒たちがね。わたしはその中のひとりで、当時は世界中で大活躍。いろんな国のお金持ちのお屋敷や、博物館に美術館から、数々のお宝を盗んだものさ」

「嘘だあ」

「嘘じゃあないよ。今度木太郎さんや、唄子さんあたりにでも聞いてごらん。昔、『灰色の鷹《たか》』って名前の有名な怪盗がいたって、知ってると思う。わたしのことだから」

りら子は、やっぱり、まさか、と思いましたが、おじいさんはとてもまじめな顔をしていましたし、そもそもりら子は昔からこのおじいさんのことは好きでしたので、ちょっと発言を信じてあげたいような気持ちにもなっていました。自分が見たことのないものは信じない、つまり、幽霊や神様は信じないたちのりら子でも、怪盗なるものはまあまあ信じてもいいような気持ちがしていたのです。

早くにお母さんを亡くしたりら子は、商店街の人々にかわいがられて育ちました。特にこの三角屋のおじいさんには、何かと親切にされることが多かったのです。おじいさんはどんな事情があるのか家族がない、ひとり暮らしのおじいさんでした。狭く小さな店の、レジの奥にある一間きりの部屋と、二階にある倉庫、それに店。たった三つの部屋で一人きり暮らしていたのです。幼い頃、りら子は、おじいさんに聞いたことがありました。

『おじいちゃん、さみしくないの？』

自分の家、花咲家の、お母さんはいなくてもいつも家族がにぎやかで、お客さんも多い暮らしと比べて、おじいさんのひとり暮らしはさみしそうに思えたのだと思います。

三角屋のおじいさんは、そのとき、とても静かな表情で微笑みました。そして、

『まあ、普通にね』

と、答えたのを覚えています。

あとで家の木太郎おじいちゃんに聞いた話ですが、三角屋のおじいさんは、おじいちゃんや唄子さんと同世代。あの昭和の戦争のあとの焼け野が原で育った子どもでした。

一つ違ったのは、木太郎さんや唄子さんは、戦争で家を焼かれたものの、家族は無事で

した。が、三角屋のおじいさんは、家族みんなを亡くしたらしい、というところでした。子どももひとりだけ焼け跡に残されて、とても苦労して大人になったらしい、という話でした。

『ひとりでお金を集めてきて、土地を買い、店を建てて、ひとりだけの力でおもちゃ屋さんを開いたんだ。あれは偉い男だよ』

木太郎おじいちゃんは、三角屋のおじいさんのことをちょっと尊敬しているようでした。でも三角屋のおじいさんの方では、あまり木太郎さんと話したりすることもないようでした。木太郎さんだけでなく、商店街の人たちとも、用事がない限りは笑顔で会釈するくらいで会話をすることもありません。寄り合いにはきちんと参加しますが、積極的に発言することもないということを、ちらっと聞いたことがあるような気がします。そして三角屋さんは謎の多い人でもありました。たとえば、ふいに店を閉めてしまうときがあります。やがてまた店を開けるのですが、どうもそんなときは、どこへ行くともいわず、ひとり旅に出ているらしいのでした。旅の目的地がどこなのか、特に話すこともないのですが、国内だけではなく、遠く海外にも出かけていることがあるらしいという噂でした。

三角屋のおじいさんは、笑顔でそこにいても、いつもひとりきりでした。そういうひとだったのです。でも、子どもたちのことはほんとうに好きなようで、愛情はいつも目にあふれていたので、街の子どもたちはみんな、三角屋のおじいさんのことが大好きでした。

三角屋とその店先は、この街の子どもたちのたまり場で、学校帰りや塾の帰りに、ちょこちょこ顔を出すところでもあったのでした。何も買い物をしなくても、おじいさんは子どもたちをいつも歓迎してくれました。

そんな子どもの中のひとりで、いつか、店を卒業した元子どもの中のひとりでもあるりら子は、大好きだったあの三角屋おじいさんがいう言葉なら、多少は信じてあげたいような気もしてきていたのです。

「で、三角屋のおじいちゃんは、いったいどういうわけで、こんな時間に怪盗みたいなかっこうをして中央公園にいるの？」

「お、りら子ちゃん。わたしの言葉を信じてくれるのかい？」

「おじいちゃんの答え次第かな」

「うむ」

といって、三角屋のおじいさんはモノクルに手袋の片手を当て、軽く瞑目《めいもく》しました。

「これから一枚の絵を、その持ち主に返しに行くところだったんだよ。怪盗として返しに行くのだから、ここは久しぶりに正装を、と思ってね」

そういって、マントを腕で持ち上げて、風を入れ、額の汗をハンカチでぬぐいました。

「いやそれにしても、今夜は蒸すねえ」

古めかしいデザインの装いは、スーツもマントもしっかりとした作りに見えて、あれはたしかに暑いだろうとりら子は思いました。

「絵を、返しに行く？」

りら子が聞き返すと、おじいさんはハンカチで自分の顔を扇ぐようにしながら、

「昔、怪盗を引退して以来、ほんの少しずつだけど、現役時代に自分が盗んだもので、まだ手元に置いていたものたちを、元の持ち主たちに、そっと返しに行っていたんだ」

あれ、と、りら子は首をかしげました。ひょっとしてこのおじいさんがたまに店を閉め、家を空けて旅しているときがあったのは、だからなのでしょうか。

いやまさか、と思いながら、つい考えてしまいました。

「少しずつ返して、で、やっと最後の一つの宝物になった。それがこの絵なのさ」

おじいさんはマントの陰から、布にくるんだ一枚の小さな絵を取り出しました。

「実はこの絵はね、この絵だけは、わたしが持ち主から盗んだ絵ではなかったんだ。昔、若い頃に泥棒市で見かけてね、気に入って買ったものだったんだ」

「『泥棒市』？」

「中東の、ある国のある都市にある、泥棒が盗品を売りに来る秘密の市場だよ。そこでは

当時、世界中の泥棒たちが、そういった後ろ暗いものを買いに来る怪しげな人間たちに盗品を売っていたんだ」

「ああ、普通のお店に売ったら盗んだものを売ったってばれちゃうから？」

「そういうこと。盗んだものでもかまわない、むしろそういうものがほしい、という、そんな悪党たちが集まる場所だった」

「怖くなかった？」

おじいさんは笑って首を振りました。

「そのときはわたしも悪党のひとりだったからね。そして、この絵と出会った。誰が描いた、どんな絵なのかも知らなかった。ただどうしてもほしくなって、買って帰ったんだ」

おじいさんの手が、さらりと絵の布をはずしました。街灯の明かりの下、ほの白く夜の闇に浮き上がった絵は、きれいな女のひとの絵でした。どこの国のひとなのか、たぶん東洋の、黒く長い髪のきれいな女のひとが、窓辺に置かれた椅子に座り、薄紫色の丈の長いワンピースを着て、こちらを向いて笑っています。窓の外には水色の空と海。空には鷗《かもめ》が飛んでいました。

胸がどきんとしたのは、そのひとのその表情がどこか懐かしく、いつまでも見ていたいような笑顔に見えたからでした。

りら子は絵が好きでした。というより、花咲家の三人の子どもたちは、みんな絵が好きでした。お父さんである草太郎さんが、これが多趣味なひとなのですが、その趣味の中でも特に絵を描くのが好きだったからでした。子どもの頃は画家か漫画家になりたかったというそのひとはいまもプロはだしの腕前でさらさらと絵を描きます。三人の子どもたちはその画才までは受け継がなかったのですが、それぞれにお気に入りの画家やイラストレーターがいたり、画集を持っていたりする程度には、絵が好きなのでした。

美しい絵を見ることになれているりら子には、その絵がとても良い絵だとわかりました。そして絵をじっと見つめるうちに、なぜ自分がこの絵に惹かれるのかわかってきました。少しずつわかってきたのです。

この絵は、お母さんに似ていました。記憶の中にある、お母さんの笑顔に。そして、お父さんが描いた、何枚もある生前のお母さんのスケッチや、似顔絵、肖像画に。

顔立ちが似ているというわけではありません。雰囲気も似てはいません。りら子のお母さんは、病弱ではあったけれど、いつだって表情は明るかったし、笑うときは元気に笑うひとでした。けれど、この絵のひとは、笑顔でもどこか悲しそうでした。まるで妖精のように儚げな感じで微笑んでいたのです。

だけど、似ていました。たぶんそれは、こちらを見るまなざしが似ているのだと思いました。果てしなく優しいまなざしが。

それはたぶん、「お母さん」の目でした。「お母さん」というひとが持つまなざしがそこにあるような、そんな気がしたのです。

三角屋のおじいさんは、その絵を見つめ、静かな微笑みを浮かべて、いいました。

「この絵がね、たった一枚の絵との出会いが、わたしの人生を変えたんだよ。

最初はただ、美しい、何か惹かれる絵だ、としか思っていなかった。けれどね、自分のものにして、毎日眺めるようになったら……この絵に見つめられているうちに、少しずつ、何かが変わってきたんだ。

当時、わたしは自分の家を持たなかった。戦争で家族をみんな亡くして、ひとり暮らしだったしね。帰るところも待つ人もどうせいないんだ。ものを盗みそれを売る繰り返しで、世界中のいろんな街に移り住み、きれいな部屋に住んで、自分はそれでいいんだと思ってきた。どうせね、まともな仕事じゃない。何かあって死んでしまっても誰も恨めない。それでも後腐れがないような暮らしでいいと思っていた。自由気ままでかっこよくていいじゃないか、と思っていた。

でもね。そんな風な一人きりの暮らしが、いつか、目覚めたらこの絵におはようをいい、寝る前にはおやすみをいう暮らしに変わってきた。考えていることを話してみたり、思い出話をしたりするようになった。……気がつくと、そんな話、もう長いこと誰にもしたことがなかったんだ。ずっとひとりだったからね。有名な怪盗だなんて嘯《うそ》ぶいてはいても、実のところはお日様の下を歩けない、ただの泥棒に過ぎなかったんだから。

ある夜わたしは、子どもの頃の思い出話を絵の中の婦人に話していた。自分は日本のある街の子どもで、幸せな子どもだったのだと。教師だった父と美しい母、学生だった賢い兄と、かわいい妹と弟がいたのだと。家は古く小さかったけれど、たくさんの本と絵本とレコードとおもちゃがあったんだよ、と。でもね、あの戦争でわたしはみんな失ってしまった。出征していった父と兄は帰ってこなかった。父は遠い戦地で飢えて死に、兄は戦地に輸送されて行く途中の船が潜水艦に襲われて、船とともに海に沈んでしまった。

優しい母と妹と弟は、街を焼いた空襲で火に巻かれて死んでしまった。同じ炎から逃げたわたしは、家族からはぐれ、自分だけ助かって焼け跡に残された。そのあとすぐに戦争は終わったけれど、子どもひとり、敗戦後の日本に残されてね。お金はない、頼るひともいない。何しろ近所のひとも親戚も、みんなあの日の空襲で死んでしまったからね。

だからわたしは、子どもだったわたしは、泥棒になったんだよ。食べるものや着るものやお金を、持っているひとから奪って生きた。そうじゃないと生きていけなかった。

いいや、それだけじゃなかった。わたしはね、たぶん復讐したかったんだ。傷つけてやりたかった。殺して壊してやりたかった。自分から何もかも奪った『誰か』に。たぶん神様とか運命とか、そういったものに。それが叶わないから、手近にあるものを盗み、傷つけ、奪っていたんだと思うよ。そうしてわたしはたぶん、強くなりたかった。この廃墟《はいきょ》に一人きりになっても、誰よりも強い、猛獣のような人間になって吼《ほ》えたかったんだ。

なんて話をね、絵に話しているうちに、ふと、言葉がぽろりとね、こぼれ落ちたんだ。『疲れたよ』ってね。そんなこと考えたこともなかったし、そもそもその瞬間まで、自分は楽しく生きていると思ってた。若く自由で体力があってお金もあって、食べるものにも着るものにも困らず、屋根のある暖かいところで眠ることも出来る。世界中で噂の怪盗で、金持ちたちに恐れられていることが得意だった。

でもね。絵に向かって、『疲れたよ』とつぶやいて、その言葉を自分の耳で聞いた瞬間にね、ああ自分は疲れていたんだな、と思った。ひとりで生きることに。盗むことに。奪うことに。誰かを傷つけることに。お日様の下を歩けないっていうことに。

絵の笑顔にね、なんで惹かれたのか、やっとわかったんだ。いや最初からわかっていたのかもしれない。この絵はわたしのお母さんに似ていたんだ。あの日、火の中で燃えて死んでしまったろうお母さんにね。いやほんとはね、わたしの母はこんなに美人ではなかったし、怒ると怖いような下町の母だった。でもね、こんな風な優しい顔で笑うひとでもあったなあ、って、思い出してね。

いったんこれがお母さんだと思うと、失われたはずのわたしの母がここにいると思うと、心がぎゅうっと締め付けられるように苦しくなった。おまえは何をしているの、と、叱《しか》られたような気がしてね。おまえはどこで何をしているの、って」

三角屋のおじいさんは笑っていました。でもその目には涙が浮かんでいたのです。

「子どもの頃の、朝の光がいっぱいに差し込む部屋を思い出したんだ。両親がいて、兄貴と妹と弟がいる。みんなで食卓を囲んで笑っている。自分も笑っている。あそこにはもう帰れないんだなあと思った。いまの自分は気がつくとすっかり汚れた人間になってしまった。あの明るい茶の間には帰れないな、と。

そのとたん、もう盗むのはやめようと思った。家族に恥ずかしくない人間になろうと思ったんだ。あの茶の間はもうない。家は焼けてしまったし、家族も死んでしまった。でもねえ、もう帰れない場所でも、家族に会えることがないとわかっていても、自分はね、残された自分はちゃんと生きようと思った。心の中にあの情景がある限り。だってね、わたしは生きているんだから。みんながもういない世界でわたしだけは生きているんだから」

絵を大切そうに布にくるみ、胸元に抱き、そしておじいさんは夜空を見上げました。

「わたしはそれから、もう盗むことをやめた。外国でこつこつと働いてお金を貯めて、日本に帰ってきた。そしてね、子どもの頃住んでいた街に帰って、おもちゃ屋さんを開いた。
ちょうどその頃、かわいいおもちゃがたくさん日本で作られていた時期でもあったしね
え。ゼンマイで動く犬のぬいぐるみや、蒸気機関車や着せ替え人形、木の箱でバレリーナが踊るオルゴールなんていう素敵なものもあったねえ。わたしはそういうものを仕入れてきて大切に売った。戦争で焼けてしまった家にあった、ぬいぐるみや外国製の人形のことを思い出しながらね。死んでしまった小さな妹や弟に、このおもちゃを買ってあげたかったと思いながら。街の子どもたちが店に買い物に来るたびに、嬉しそうにおもちゃを抱いて帰って行く姿を見るごとに、どこかでもういない妹や弟におもちゃを渡したような、そんな幸せな気分になっていたねえ」

ああそうか、と、りら子は思いました。

三角屋のおじいさんは、いつも温かい目で、自分や街の子どもたちを見てくれていました。それは、そのまなざしの向こうには、いなくなった家族がいたのかもしれないな、と。

「うん、幸せな人生だったよ。おもちゃ屋をやって良かった。自分は元が悪党だもの、家族や友達を持つことはなかったけれど、でもね、あの商店街で店を出して良かったと思っているよ。――千草苑さん、りら子ちゃんところの木太郎さんにもずいぶんよくしてもらったね。わたしが感謝していたとそのうち、伝えておいておくれね」

さて、と、三角屋さんはいいました。

時計台の文字盤を見上げて。

「遅くなるから、そろそろ行こうか」

灰色のマントをなびかせて、ゆっくりと公園の闇の中へと歩き出しました。

「商店街の裏のお屋敷町に、この絵のほんとうのオーナーが住んでいるらしい。そこに返しに行こうと思うんだ」

年のはずなのに、意外と早足でした。りら子はその後を追いかけて、

「どこの家？」

と、聞きました。

あの辺りは近所ですし、唄子さんの家があるところでもあります。りら子は配達にも行きますし、木太郎さんが庭の手入れに行くとき、荷物を持ってついて行くようなところでもありました。何しろあの辺りは、庭の大きなお屋敷が多く、お得意様がたくさんいるのです。

「十六夜《いざよい》美世子《みよこ》さんという、有名な画家さんの家があるだろう？　この絵は彼女が若い頃に描いたものらしいんだよ」

「えっ」

そのひとのことなら知っています。絵も。そのひとの家がお屋敷町にあるということも。

ただ……。

「ほんとに十六夜さんの絵なの？　なんていうか、全然違うね」

りら子が知る限り、十六夜美世子の絵はこういう絵ではありませんでした。その人の絵は、きれいな絵ではあったけれど、氷で出来た花のような、冷たく人工的な美しさを持った作品だという印象がありました。

十六夜美世子は、有名なイラストレーターでした。年は六十代くらいだったはず。若い頃から都会的でお洒落《しゃれ》な絵を描くひととして有名でした。元は雑誌や本の挿絵を描いたりデザインの仕事をしていたのが、センスの良さが見いだされ、化粧品やファッションビルの広告のポスターを描くようになり、のちには、外国の映画や舞台の美術設計までするようになった、そんなキャリアを持つひとでした。何で詳しいかというと、家に父の草太郎さんが昔に買った、そのひとの古い画集があったからでした。巻末に載っていた記事によると、そのひとは謎の多い画家、滅多に人前に姿を現さず、交友関係も知られていないので、どんな姿でどんな声なのか、知るひとはほとんどいない、謎めいた人気イラストレーターだということでした。

元は都会で暮らしていたそのひとが、この風早の街に引っ越してきたのは二十年近く昔のこと。最初はアトリエを作るということで古い屋敷を買い、その後都会のマンションを引き払って、こちらにきたらしいとりら子は知っています。なぜ知っているかというと、そのアトリエの庭を造ったのは千草苑、祖父の木太郎さんだったからでした。

ただ、そのひとは噂によるとどうも、気むずかしく、人間嫌いであるらしく、引っ越してきたあとも、近所の住人とのつきあいはほぼないらしいのでした。屋敷に住んではいるらしく、夜になると灯りがついたり、窓の向こうにひとが歩く影が映ったりはするらしいのです。けれど、そのひとが屋敷を出るところや、近所を歩いたり買い物をしたりするところをみたひとは、どうもいないようなのでした。十六夜さんは屋敷の奥に引きこもって暮らしているのです。イラストの仕事は、最近ではインターネット回線があればできるものらしく、それもあってか、そのひとは表に出てこないようなのです。

その屋敷は何しろ近所にあり、そして、いささか目立つ屋敷でもあったので、そばを通り過ぎるとき、つい目が行ってしまいます。

その屋敷は、まるで童話の茨姫《いばらひめ》の城のように、蔓《つる》薔薇の群れに取り巻かれていました。植えられたままに好き放題伸びた薔薇の枝たちが、屋敷を取り巻き、塀を越えて、鉄条網のようにうねっていたのでした。手入れをされない薔薇たちは、古い枝は石のようにかたくなり、とげは鉄のようでした。剪定《せんてい》されないままに葉は茂り、肥料をもらわないので、花はほとんど咲かず、病気になってあちこちが枯れ、いたんでもいました。

実はあまりの惨状に、木太郎さんは費用は無料でもいいので、手入れをさせてほしいと、十六夜さんの家のドアを叩いたことがあるのですが、ドアの向こうにそのひとがきた気配があったきり、何の言葉も返ってこなかったと、りら子は聞いたことがあります。

三角屋のおじいさんは、ふう、とため息をついて、いいました。

「この絵の持ち主が誰なのか、何しろ自分が盗んだものじゃあないから、ずうっとわからなくてねえ。誰がいつどこから手に入れ、どうやってあの泥棒市にきたものか調べるところから始めなくちゃいけなくてね。そもそも昔の話だし、関係者はみんな悪党や元悪党だ。往年の怪盗ごときが、当時の人脈を辿って、多少がんばって探してみたところで、少々のことじゃあ情報も手には入らない。何年も何十年もかけて、調べて調べて、やっと絵が盗まれた事情と、誰の絵なのかわかったのが、つい最近。

正直ね、生きているうちにわかって良かったと思ったよ。もう無理かと何回も思った」

古いお屋敷町の、石畳の道を、街路樹の間に灯《とも》る街灯の弱い光に照らされて、季節外れの長いマントを着た三角屋のおじいさんは、そっと笑いました。

「そしてね。ずっと探してきた、絵のほんとうの持ち主が、よりによって同じ町内、歩いて行けるご近所にいてくれたなんて、これはどんなできすぎた幸運だろうと思わず笑ってしまったよ。それからゆっくりと、ああこれは運命だったのかなと、思った」

「運命？」

街灯の下で、おじいさんは足を止め、杖をついて立つと、やれやれ、というように、腰を叩きました。長い足をさするようにして、まったく年をとったものだ、と、笑いました。

「昔はこれくらいの坂道、一呼吸の間に駆け上ったものなんだけどねえ」

少しだけ寂しげに、息をつき、そしてまたゆっくりと歩き始めました。

「この絵は、いままで長い長い年月が掛かったけれど、遠い外国からほんとうの絵の持ち主のところまで、帰ってくる運命にあったんだなあと。絵が正しい場所に帰ることに、そのことにこの自分が力を貸せるのかもしれない、そう思うと嬉しかった。この元悪党の自分が、そんな良いことが出来るのなら、昔した悪事が少しは、許されるのかな、と、思ったりもしてね。神様というのはやはりいて、見ていてくれたのかなと思ったよ」

りら子は何も答えずに、黙って石畳の歩道を踏んで歩いていました。夏の住宅街には、夏の花々の匂いが満ちています。特に今夜は、夜風にジャスミンの香りがいっぱいでした。

やがてその家に着きました。りら子は、目的地が近所だったこともあり、ついここまでついてきたのですが、さすがに自分はここで帰らなくては、と思いました。

このままおじいさんのそばにいたら、ひょっとしたらですが、流れで、おじいさんが十六夜美世子さんにあって絵を返す、その場に立ち会えるんじゃ、なんて気持ちもありましたが、自分がそこにいるのはさすがに違うだろうと思いました。りら子はただの近所の娘であり、出入りの庭師の孫でしかありません。

それは十六夜さんってどんなひとなのかなあ、とは思います。あれだけ絵がセンス良く、美しいのですから、きっと本人もきれいなひとなのでしょう。昔に、庭を造りに行ったときにあったことがあるという祖父の木太郎さんも、美しいひとだったといっていましたし。

「……いろいろ気にはなるけれど」

りら子はつぶやきました。気持ちが消化不良というか、はっきりしないことばかりです。

りら子には大昔の出来事に思える、昭和の戦争のあと、焼け跡で育った当時の子どもたちが、それはたくさんの苦労をしたことは、祖父の木太郎さんやご近所の唄子さんから、折に触れて聞かされていました。あの頃は家も家族もなくした子どもがたくさんいたのだと。なので、もしかしたら三角屋のおじいさんが話してくれたように、ちょっとアウトローな生き方をしたひとはどこかにいたのかもしれないなあとは思うのです。——ただ、当時の職業が怪盗だというのが、それだけがやっぱりね、どうもなあ、と。

このおもちゃ屋のおじいさん、子どもたちに作り話をするのが上手なのです。ひとをだまして遊ぶのが。いまみたいな夏の時期は、よく怪談なんて聞かされて、小さい子たちが店先でわあわあ泣いたりとか、そんな事件もあったものでした。

「でもまあ、ここまでだよね」

りら子はひとりうなずくと、蔓薔薇に取り巻かれた屋敷の前で、自分だけ立ち止まり、怪盗姿のおじいさんにさよならとおやすみなさいをいおうとしました。ひとつだけ気がかりなのは、こんな夜遅い時間に人の家を訪ねるのってありなのかということですが、まあ怪盗だというのなら、そういうものなのでしょう。それじゃあといいかけて、屋敷を背に、おじいさんを振り返り——

そのときでした。

背後から、まるで波が押し寄せてくるような、薔薇たちの声を聞いたのです。

『助けて』

『力を貸して』

『こんなに枝が伸び、とげが伸びて』

『からんでしまっては、もうわたしたちは動けない』

『助けて』

『中の人を助けなければ』

コーラスのようなその声は、もちろん、りら子にしか聞こえません。りら子は、屋敷を振り返りました。

気がかりだったのは、『中の人』を案じていた薔薇の声でした。中の人、それはつまり、屋敷の主の、十六夜美世子さんのことでしょうか？

ひょっとして、そのひとが危ない？

屋敷の方を見ると、灯りがついている部屋もあります。中に誰かはいるのでしょう。が。気がつくと、蔓薔薇の枝は、地を這い、門に幾重にもからみついています。

「……これじゃ、門が開かないんじゃないかしら」

りら子は、枝と、そして門に手を触れました。中で暮らす人は、十六夜さんは、どうやって暮らしているんだろうと思いました。

そして、はっとしました。

灯りがついているからといって、中でそのひとが元気で生きているとは限らない、ということを。

りら子は、ひんやりと冷たい薔薇の、その枝を両手で握りしめました。

『動いて』

心の中で、強く願いました。

神経を伝い、筋肉を伝い、自分の中から外へと、何かの力が蔓薔薇の群れへと流れ込んでいく感覚がありました。

力と思いを受け止め、嬉々として、動き出そうとする薔薇たちの思いを感じました。

それはまるで、本来は自分たちで動き出す力を持ちながらも、何かの掟《おきて》で動けないでいる植物たちが、ほしかった「許可」の言葉を得て、動き出すところのようにも思えました。

またあと一歩力が足りなくて動き出せずにいた、大きな獣か機械が、りら子の言葉を得て、前に踏み出そうとする、そんな姿のようにも思えました。

夜遅い住宅街、ひっそりと静かなお屋敷町の、その夜闇に沈んだ屋敷の玄関と、庭を埋め尽くすような蔓薔薇の群れ。いまそれが波が動くようにひそかな音を立てながらうごめき、ぎちぎちととげをこすりあわせながら立ち上がろうとしていました。

門と玄関に絡みついた枝が立ち上がり、震えながら枝と枝との間が開いていきます。やがて、門から玄関に向けて、蔓薔薇のアーチができあがりました。

「魔法だね」

と、背後でおじいさんがいいました。

優しい声でささやきました。

「りら子ちゃんは、魔法使いのようなことが出来るんだねえ。昔、子どもの頃に、死んだわたしのお母さんから、千草苑の人々の話を聞いたよ。

おとぎ話みたいな力だ、うらやましい、と、わたしがいったら、母さんはいったんだ。『でもその代わりにきっと苦労も多いでしょう、孤独なことも、傷つくことも多いのではないかしら。普通の人が持たない力を持つというのは、きっとそういうことなのよ。だから、優しくしてあげなさい』って、いわれたんだよ」

　りら子は、おじいさんに背を向けたまま、

「そうでもないよ」

　と、いいました。

「楽しいことも結構多いもの。ほら、こんな風に、お花にいうことを聞いてもらったりとか。さあ、行きましょ。早く行かないと、この道はまた閉じてしまうから」

　りら子とおじいさんがアーチをくぐるごとに、背後からぎしぎしと蔓薔薇の枝は閉じて行きました。たどりついた扉は、古い木製の、彫刻が入った立派なものでした。でも蔓薔薇の枝にこすられ、埃にまみれて、白い傷だらけ。玄関に灯る小さな明かりに照らされたその扉の前で、りら子はチャイムを押しました。

「こんばんは。夜分遅くすみません。あの、十六夜先生、いらっしゃいますか？」

　とっさに考えていました。怪盗だというおじいさんの話がほんとうにしろ作り話にしろ、ここはまだ自分が仕切って話をした方が早いのではないか、と。こんな時間に住人とは面識のない自分が、突然訪ねてくる辺り、非常識ではあるのですが、こんばんは怪盗が訪ねて来ました、なんていきなり名乗るよりは、まだ非常識度が下のような気がします。とにかく、中の人が、十六夜美世子先生が無事かどうか、まずはそれを確かめなければ、と思いました。命に関わるかもしれないことなのですから。

と、広い家の中、少しずつ近づいてくる足音が聞こえたような気がしました。階段を降りてくる足音がします。それはどこかアンバランスな感じの、ひきずるような足音でした。

りら子とおじいさんは、目と目を合わせ、木の扉に耳を近づけるようにしながら、足音が近づくのを待ちました。

「……どなたですか？」

低い声がしました。

良く通る、知的な品の良い声だと思いました。——元気そうです。

「近くの花屋、千草苑の次女りら子です。昔に祖父が、お仕事をいただいてお庭を造らせていただきました。その節はお世話になりました」

ああ、と思い当たった、というような声が聞こえました。

「こちらこそ、あのときはたくさんの薔薇をありがとうございました。……それで、お花屋さんのお嬢さんが、こんな時間にわたしに何のご用でしょう？」

そのとき、扉の向こうの足音と気配が、さらに近づきました。

木の分厚い扉越しに、そのひとの気配を感じます。のぞき穴からこちらを見ているのかな、と、思いました。

と、三角屋のおじいさんがすうっと前に進み出て、抱えていた絵の布をほどき、向こうにいるであろうそのひとに向けてかざしたのです。

「あなたの絵を持って参りました」

はっとしたように息をのむ気配がしました。がちゃりと鍵が開く音がして、そして、そのとき、扉の近くに枝を伸ばしていた薔薇たちが、静かに動き、主に力を貸して、ゆっくりと扉を開いたのでした。

玄関の、古い灯り、たまに点滅を繰り返す灯りの中に、そのひとは立っていました。室内履きのまま、埃が積もる三和土《たたき》に立っていました。長いドレスのような部屋着の上に、レースのガウンをまとい、驚いたような顔をしてこちらを見上げています。

「絵を……その絵を、どうして持ってらっしゃるんですか？　あなたは、どなた？」

おじいさんを見上げて、聞きました。

美しいひとでした。絵の中の女性に似ていました。けれど、その顔や手の左側は、うっすらと古いやけどの跡に覆われていたのです。立っているその姿も、そこはかとなくバランスが悪く、体の左側をかばうようにしているのでした。

でもその目は、透き通るような色のまっすぐな瞳は、小さな絵を見つめていたのです。


二階の部屋へと二人は通されました。

「一階に応接間もあるんですけれど、ここのところ忙しくて掃除もしておりませんで」

階段を上がったそこは、仕事部屋だという話でした。天井の高い部屋にあわせたような、巨大な液晶のモニターが二枚あり、マッキントッシュのコンピュータが美しい絵をそこに映し出していました。制作途中の絵のようでした。

古いソファが仕事机のそばにありました。そこにどうぞ、と二人は呼ばれました。電気ポットで紅茶をいれてくれました。

こんな夜遅くすみません、といったりら子に、十六夜美世子さんは、笑っていいました。

「わたしはね、夜行性で夜起きているから、むしろ、これくらいの時間の方が助かるくらいですよ。明るい時間だと寝ていることも多いの。いまもお仕事をしていたのよ」

海外のひとと打ち合わせることも多いので、夜起きていた方がどのみち都合がいいのだといいました。

自分はあまり外には出ないのだ、ともいいました。大きな冷凍冷蔵庫と、地下に大きな貯蔵庫があるので、年に数回食材を取り寄せ、管理しているのだそうです。

「最近は大概のことがネットを使えば出来ますものねえ。昔から仕事でコンピュータを使っていた人間にとっては、ほんとうにありがたい時代になりました。お仕事の打ち合わせも、調べ物も、お買い物も税金を払うのも、全部おうちでできます。困るのはゴミ出しくらいでしょうか。これがなかなかちょうどいい時間にだしにいけなくて。仕事が一段落した朝にだしにいけるといいんですが、疲れてそのまま寝ちゃうときもあるし。それでだしそびれたゴミ袋が、内緒ですけどね、いくつか地下室に……」

ほほほ、と美世子さんは笑いました。

「そのうちゴミ屋敷になっちゃうんじゃないかと、心配しているのはそれくらいですわ」

そして三角屋のおじいさんは、絵をそのひとに手渡しました。

そのひとは小さな絵を腕に抱いて、じいっと見つめ、強く抱きしめました。

「ああ、お帰りなさい。お母さん」

胸の奥からでるため息のような声でそういうと、すうっと涙を流しました。

そしてそのひとは、どうしてこの絵がここにあるのか知りたがりました。まあそれは当然のことで、りら子はさてどうしたものか、と、三角屋のおじいさんの方を振り返ったのですが、おじいさんは笑顔で答えました。

「わたしは実は、若い頃怪盗でして。そのときに、とある国で縁あって出会った品です」

十六夜美世子さんは、目を輝かせて、おじいさんの話を聞きました。そのひとがその物語を信じたのかそれとも話を合わせただけなのか、それはりら子にはわかりませんでした。ただそのひとは始終楽しそうだったし、小さな絵をずっと抱きしめていたのです。

「この絵をわたしに返してくださって、ありがとうございます」

美世子さんはいいました。

「この絵は、わたしが十代の頃に描いた絵、もう油絵は描かなくなったわたしの、最後の油絵になります。

まさかこの絵が残っているとは思わなかった。火事で焼けたものと思っていたのです」

その絵は、美世子さんが若い頃、自分の亡くなった母を描いた絵でした。戦後のもののない時代に、いまなら治る病気で儚《はかな》くなってしまったお母さんのことを、当時幼かった美世子さんは覚えていませんでした。なので、残された写真や絵を頼りに、自分でお母さんの絵を描きました。そのひとに自分を見守っていてほしかったから。

お父さんが高名な洋画家だったので、彼女には受け継いだ画才がありました。

そうしてできあがった絵は、誰のためでもない、自分のために描いた、世界で一枚のお母さんの絵でした。彼女はそのお母さんに朝はおはようをいい、眠る前にはおやすみなさいをいいました。

その頃、お父さんは絵の仕事で忙しく、あまり話し相手になってくれませんでした。また昔の日本のお父さんでしたから、そんなに親しく我が子と話したりもしてくれなかったのです。絵は上手でも引っ込み思案だった美世子さんは、学校でも友達が少なく、ただ絵だけを相手に会話する日々が続きました。

そんなある日、家に泥棒が入りました。そのひとは家にあった値打ちのあるものを、お金もお父さんの絵もすべて持ち去り、あげく逃げるときに家に火をかけていったのです。大きな家は、燃えてしまいました。眠っていたお父さんや使用人のひとたちは亡くなり、美世子さんは助かったものの、顔と体にひどいやけどを負いました。お母さんの絵も失いました。

お父さんの絵の取引先の画廊のひとに、美世子さんは引き取られました。亡き父ととても仲が良くて、よく家に遊びにも来ていたひとでした。そのひととそのひとの奥さんは、体の半分に傷を負った美世子さんをほんとうの娘のようにかわいがってくれました。

画廊のひとは、少しずつ傷が癒えてきた美世子さんに、絵筆をとることを勧めました。けれど、美世子さんの左手はひどく傷ついていたので、もうパレットを持つことが出来ませんでした。油彩は体力を使います。体をまっすぐ起こしていることさえ辛《つら》くなってしまったいまの美世子さんには、もう油彩画を描く自信がありませんでした。

また、油絵の具の匂いや、テレピン油の匂いをかぐごとに、美世子さんは家からなくなったたくさんの絵のことを思い出して、何ともいえない辛い気持ちになりました。泥棒は、お父さんが描いた絵を家からすべて運び去って行ってしまったのです。どこか遠いところで売られてしまうのだろう美しい絵のことを思い、美世子さんは悔しさに泣きました。

そう。美世子さんは悔しかったのです。

最初のうちは悲しくて寂しくて泣きました。けれど時間がたち、体に力が戻ってくるうちに、美世子さんは絵を盗み家に火を放った誰かのことが憎くて悔しくてたまらなくなってきたのでした。

誰かわからないその人物の思うまま、運命に負けて、不幸になってたまるものか、と思いました。自分はたくさんのものを失ったけれど、強く生きてやろうと思いました。

美世子さんは水彩画を描くことにしました。水彩画なら、椅子に座ったまま、机に紙を置いて、描くことが出来たからです。震える左手で紙を押さえ、美世子さんは水彩画を描き始めました。焼けてなくなった懐かしい家を描き、近寄りがたかったけれど大好きだったお父さんを描きました。お母さんの絵は、描きませんでした。失ったあの絵は、魂を込めて描いた絵、もう同じだけの絵が描けるとは思えませんでしたし、もし描こうとして良い絵が描けなかったら、すべての希望を失ってしまいそうな気がしたのです。

でも、あの絵のことは忘れませんでした。それからたくさんの絵を描いて、やがて挿絵画家になり、イラストレーターとなり、十六夜美世子の名前が、世界的に有名になっていっても。画材を水彩からアクリル絵の具に替え、やがてコンピュータを使いこなして絵を描くようになっていっても。

心の中に、幸せだった頃の自分が描いた、あの美しい油彩の小さな絵があって、美世子さんの方を見つめているのでした。

ずっと。忘れないままに。

「いつか、記憶の中にあるこの絵よりも美しい絵を描きたいと、それが目標だったような気がします」

十六夜美世子さんは、そういって、膝の上にのせた絵と向かい合い、微笑みました。

「またこの絵と再会できるだなんて思っていませんでしたわ。たぶん、父の絵と一緒に盗まれていたんでしょうね。父の描いたものと間違えられたのかもしれません。父の絵は海外で特に人気がありましたので、持って行かれてしまったんですが。でもよく見ればサインが違います。この絵は高くは売れなかったんでしょうけどねえ」

いえいえ、と、おじいさんは笑顔で答えました。

「こういうお話をしても良いのかどうか迷いますが、それはそれは高い値で売られていました。こういっちゃなんですが、泥棒の中には、目利きもたくさんいるんですよ。特にあの時代、あの国の泥棒市には、それなりの目利きが出入りしてました。わたしはそれなりの金額で、やっとその絵を手に入れることが出来たんですよ」

まあ、と、美世子さんは目を丸くしました。

「それは申し訳ないことをいたしました。あの、そのお金、せめて、わたしがいま、お支払いいたしましょうか?」

「いいえ」と、おじいさんは笑いました。

「わたしは今日まで、この美しい絵とともに暮らすことが出来ました。この絵のおかげで、ひととしてまともな方向へ足を踏み出し、恥ずかしくない生き方に帰ってくることが出来たのです。ですからむしろ、わたしがたくさんのお礼を申し上げなくてはいけないところです。十六夜先生、せめてわたしは、この絵があなたのところに帰ってくることに力をお貸することが出来て、よかったとただそれだけを思っております」

絵と向かい合い、美世子さんは、深い深い息をつきました。

「時が戻ってきたような気がします。この絵を描いたときの気持ち、少女だった頃の心を思い出すような。わたしは一生懸命がんばってきましたけれど、でも少しだけ、疲れていたのかもしれませんね。

からだに傷を負ったことで、運命を呪うことはありませんでした。犯人のことはさすがに恨みましたが、後に許しました。

恨みも憎しみもあとに置いてきたと思っていました。そうして醜い心を忘れ、がんばって良い仕事をすることが……世界に背を向けて絵を描き続けることが、わたしにとって、あるいは復讐だったのかもしれません。運命に負けないための、戦いだったのかも」

ふふ、と、美世子さんは笑いました。

「いま見ると、これはまあいい絵だけど、全然たいしたことのない絵じゃない。ただの十代の女の子が描いた、へたくそな絵。構図も色彩も素人で、ぜんぜんなっちゃいない」

痩《や》せた指が、絵の表面をなでました。

笑顔なのに、ほほに涙が流れ、のどがひくひくと動きました。

「……なっちゃいない絵だけど、でもわたし、この絵が好き。お母さん、お帰りなさい、お母さん。ずっとこの微笑みが恋しかった」

秋の公園で、りら子は、野乃実にいいました。すっかり冷えてしまったココアを手に。

「なんてことがあったわけなのよ」

「この夏に？」

「うん。夏休みに。八月だったかな」

「いいなあ。もっと早く聞きたかったなあ」

「ごめん」

と、りら子は立ち上がり、缶をゴミ箱に捨てました。

「なんだか変な話だったから、つい話しそびれてて。塾や配達も忙しかったしね」

「それで結局、三角屋のおじいちゃんは、ほんとに怪盗だったのかなあ？」

「野乃実はどう思う？　そもそも怪盗とか元怪盗なんて、この世にいるものなのかなあ」

うーん、と、野乃実は腕を組みました。

「えっとね。わたしは怪盗ってこの世にいた方が楽しいかな、と思う。サンタクロースみたいなものでさ。ロマンチックな存在じゃない？」

「そうかな」

「そうなの。──あとね。三角屋のおじいちゃんはたしかに不思議なところの多いひとだったから、もしかして元怪盗でもそんなに変じゃないかな、って思った」

「そっか」


その後、りら子は三角屋のおじいさんとはあっていないのです。最後に別れたのは、あの夜、深夜の駅前中央公園でした。

ああ疲れた、と木のベンチに座ったおじいさんは、がっくりと背もたれに寄りかかり、目を閉じました。そのまま何も話さずに、動かなくなりました。

おじいさんは十六夜さんの家を出たあと、疲れが出たように足がふらついていました。りら子はそのひとに肩を貸し、ここまで送ってきたのでした。

「ちょっと、三角屋のおじいちゃん」

りら子は不安になって、肩を揺すりました。

でもおじいさんは目を開けません。

「おじいちゃん」

胸がどきっとしました。本気になってゆすると、シルクハットが落ちました。そのひとの首ががくんと落ちます。

慌てて顔を寄せると、そのひとは笑顔になり、ぱっちりと目を開けました。

「だまされたかい？」

「もう」

りら子はそのひとの肩を軽く殴りました。

「おじいちゃんの嘘つき」

三角屋のおじいさんは死んだふりが上手でした。店に来る子どもたちをよくだましてひっかけて、子どもたちが心配すると生き返って笑いました。子どもの頃、よくだまされたということを、今更のようにりら子は思い出しました。

「りら子ちゃんは、いつもひっかかってくれたもんなあ。大きくなっても変わらないんだね」

シルクハットを拾いながら、ははは、と楽しげに笑うおじいさんに、りら子は、口をとがらせていいました。

「そういうことで人をだますのって、良くないと思う」

「ごめん」

「知らない」

りら子は肩をそびやかし、そのひとをベンチに残し、立ち去ろうとしました。

時計台の古い文字盤には、灯りに照らされた針が規則正しく動き、十二時を過ぎて、いつか日付は明日になっていました。

「りら子ちゃん、生まれ変わりってあるのかなあ」

ふと、おじいさんはいいました。りら子の背中に、そう言葉を投げてきたのです。何も答えずにいると、言葉を続けました。

「もし生まれ変わってくるとしたら、今度は泥棒じゃなく、正義の味方がいいなあとちょっと思ったよ。日の光の下を歩けるヒーローになる。……いやでも、普通の人の人生もいいなあ。まともな勤め人になって、家族が待つ家に毎日帰るの。たまに友達とお酒を飲んだり、遊ぶのもいいなあ。……遊ぶって、今の時代は何だろう。わたしが若かった頃は、ビリヤードやダーツや、トランプなんかで遊んだものだが。まあいいや。未来には未来の遊びがあるんだろう。ただ友達や家族と、みんなで盛り上がって笑えればいいのさ」

くすくすと、そのひとは笑いました。そして、ベンチに身を起こし、いいました。

「どんな人生でもいい。でもきっとまた、次もこの街で暮らそうと思うよ。ただ今度は、お日様の下でね」

その後、おじいさんのおもちゃ屋さんは、シャッターが閉まったまま、開く気配を見せていません。

そのひとが元気なのかどうか気になるけれど、中にひとの気配はないようでした。またどこかに旅に出たのかなあ、と、りら子は思います。いまだにりら子は、心のどこかで、あのひとが怪盗だったなんて信じられないと思っていますけれど、もしかして、あの夜に聞いた話がほんとうだったとすれば、おじいさんは手元にあったすべての宝物を返すべきところに返して、安心したのかもしれないと思うのです。

それでさっぱりして、魂の洗濯のような気持ちで、旅に出たのかな、と。それならばいつか帰ってきてくれるかもしれません。

商店街の人たちは、三角屋さんは不況で店をたたんだんだろうと噂しています。最近はおもちゃ業界もいろいろと大変だから、店を閉めても仕方ないよね、と。

シャッターが閉まったままのお店の前で、りら子は思います。ほんとうに自分はいつから、このお店に来なくなっていたのだろうと。店の前を通り過ぎても、ショーウインドウを見なくなっていたなあ、と。

ゼンマイで動く犬のぬいぐるみは、いまも家にあります。着せ替え人形と一緒に、タンスの上に飾ってあります。長いことねじを巻いていませんが、巻けば動くのでしょうか。

木太郎おじいさんに、何とはなしに昔の怪盗の話をしました。

「ねえ、『灰色の鷹』って怪盗の話知ってる?」

「おお、知ってるとも」

木太郎さんは手を打って喜ぶと、自分の部屋に小走りに走ってゆき、棚から古いスクラップブックをとりだしてきました。指につばをつけてめくります。

「あった。ほらこれだよ」

古い新聞記事の中で、ハンサムな青年が、レトロな感じの背広を着て、白い歯を見せて笑っています。パーティなのでしょうか。着飾ったひとたちがたくさんいる、華やかな場所で撮った写真のようでした。

「戦後しばらくして、日本が豊かになってきた頃の、あれは昭和の四十年代だったかな。外国の豪華客船で、アラビアの王子様が大切にしていた、有名なルビーが盗まれてねえ。そのあとにね、どうやらこの写真に写っている日本人らしい青年が怪しい、こいつがどうやら、怪盗灰色の鷹だったんじゃないか、という話になったんだ。新聞記者だと名乗ってパーティ会場に来たのに、そうじゃなかったとあとでわかったんだ」

写真のそのひとの笑顔は、三角屋さんに似ていました。きざっぽく上がった口の端の表情が、どこか同じような気がしたのです。

「へえ。有名な怪盗だったの？」

「ああ。怪盗っていうか、義賊だな。金持ちから宝物を盗んではそれを売り、世界中のお金がなくて困っているひとたちに、サンタクロースのようにいろんな贈り物をしていたらしい。食べ物や本や、薬や、そういうものをね。だから、泥棒でも人気があったんだよ。でもねえ、いつのまにか噂を聞かなくなってね。引退したという噂も当時流れたね。自分が盗んだもので、手元にあったものを、みんな返してから、消えていった、と」

木太郎さんはため息をつきました。

「おじいちゃんは、この怪盗と同年代くらいだからねえ。仲間のような、ヒーローのような気持ちがしていたよ。同年代だと、そういう奴は他にもいたかもしれないねえ。灰色の鷹、いまはどこで何をしているんだろうねえ。幸せでいるだろうか」

「夢みたいな話で、夜だったなあ」

秋の公園で、りら子はつぶやきました。

つい先日、十六夜美世子先生から電話がありました。冬の剪定の時期に、屋敷の蔓薔薇にはさみを入れてほしいと。

冬は強剪定といって、強めに薔薇の枝を切っていきます。そうすると良い新芽が出て、春に美しい薔薇の花が咲くのです。

「はい、承りました」

折り返し、祖父の木太郎から電話をかけさせることを約束して、りら子は電話を切りました。話しながら、夏の夜に出会ったことを、あの絵の話をしたいと思いながら、りら子はつい話しそびれてしまいました。

ただ、耳の底に残る声はあの夜のひとと同じ声で、ああやはりあの不思議な夜は夢でも何でもなく、ほんとうにあった夜なんだなあと、思いました。

そして、電話機越しに聞いた声が、あの日よりも張りがあり、笑みを含んだ、楽しそうな声だったことが、嬉しかったのでした。

あの屋敷には、良い薔薇がたくさんあるのだと、木太郎さんはいっていました。きちんと手入れしていけば、見事に薔薇が咲くでしょう。茨姫の呪いの城のようだった屋敷が、春にはきっと、光が降りそそぎ風がよくとおる、明るい美しい場所になるでしょう。そのときには門も扉も、軽々と開き、そのひとはいまよりは外に出てきてくれるようになるのかもしれません。

そのとき、屋敷を包む薔薇たちは、喜びの歌を歌うのでしょう。ひとの耳には聞こえない声で。帰ってきた季節と命を言祝《ことほ》ぐ、祝福の歌を。

明るくなった部屋の窓にも、陽ざしは降りそそぎ、あのお母さんの絵は、明るい部屋の中で、優しく微笑むのでしょう。

野乃実が笑顔で言い切りました。

「わたしね、三角屋のおじいちゃんは、やっぱり怪盗だったんだと思う」

「そうかな」

「うん」

りら子は、ちょっと笑ってうなずきました。

「そうだね。そう思った方が楽しいね」

「わたしからいわせると、りらちゃんがなぜ怪盗の話を疑うのかが理解できない」

「わたしはたぶん、疑い深いんだと思う。百パーセント信じるまでは時間がかかるんだ」

もしかして、と思います。何かを信じて、それが裏切られたときに、傷つくことが怖いのかもしれません。幼い日、お母さんが死んだあと、きっと帰ってきてくれると思ったのに、帰ってこなかったから。煙になって天に昇ったまま、帰ってきてくれなかったから。

「面倒な性格だね」

「うん。ちょっとね」

秋の風は夏のあの頃と違って、底の方にひんやりと冷たさを運んできます。しめった風は、海の匂いも連れてきました。

街はいつも通りにネオンサインをきらめかせ、大通りにはバスが行きます。りら子と野乃実は、いつも通りの街を、とりとめもない会話をし、時に笑いながら、それぞれの家に帰るために歩き始めたのでした。

草のたてがみ

本って、広げると翼に似ている、と、たまに桂《けい》は思います。この翼につかまっていれば、魔法の王国に行けるし、正義のヒーローがいる街で、ともに戦うことも出来る。名探偵と一緒に推理して、外国の路地を駆け巡ることだって出来ます。

それから本は、帆船の帆にも似ています。退屈な教室にいるのが少しだけ嫌になったとき、そこから魂だけを連れ出して、遠くの国や時の彼方に行ってくれる、帆船の帆です。

「陰気くさいなあ、また本読んでる」

通りすがりに投げかけられた声に、桂はびくんと肩をふるわせました。同級生の秋生《あきお》でした。そんなに大きな声でもないのに、耳に刺さるように聞こえました。

昼休み、給食を食べ終わったあと、五時間目の授業までの間の時間。いつもいちばんゆっくりと本が読める時間です。桂はもう何度目かになる『ライオンと魔女』を読んでいました。少し昔の子どもの本、全七巻の『ナルニア国物語』の最初の本です。昔々のイギリスの子どもたちが、偉大なるライオンが治める魔法の王国で冒険する物語でした。

街の子ども図書館から借りてきた本。分厚い本は、古い本の良い匂いがしました。

秋生の悪口なんて、風が吹きすぎたように無視していられれば、何事もなく終わることも多い、それはわかっていました。

でももう、声が聞こえたことを感づかれてしまいました。秋生は席の前に回り込んできて、いいました。

「こんな字が小さい本読んでて面白い？」

「……面白いけど」

目を伏せて答えました。心臓がどきどきしていました。声が震えているのがわかります。

ああいやだなあ、と思いました。

ぼくのことなんて、ほうっておいてくれればいいのに。ぼくが教室のここにいたってていなくったって、きみには関係ないことだろうに。ぼくのことなんか、いっそ石ころみたいに思っていてくれていいんだけど。

「ダサいイラスト。それにすごいかび臭い本。こんなじいさんが読むような本読んでて、ほんとうに面白いの？」

秋生は身をかがめ、本をのぞきこんでいいました。夏休みに都会から引っ越してきた子で、小洒落《こじゃれ》た格好が様になっています。明るく会話がうまく、人当たりも良いので、クラスの、特に女の子たちに人気があるのですが、どうしてだか、いつの頃からだか、桂に何かと意地悪な言葉を投げてくるのでした。

「こんな昔の本、ほんとは意味がわからないのに、無理して読んでるんじゃないの？」

「無理なんて……別に」

「ちょっと国語ができるからって、先生に贔屓《ひいき》されてさあ」

「……贔屓なんて」

と小さい声でいいかけたところで、いきなり本をひったくられました。

「かっこつけるなよ」

はずみで、古い本はばさりと音を立てて、開いたままで床に落ちました。

「あっ」

その瞬間、桂は立ち上がり、しゃがみこんで本に手を伸ばしました。抱き取り、開いたページが汚れていないか確認しました。

「……汚れてる」

キッと桂は秋生を見ました。

すらりと背が高い秋生に比べて、とても小柄なので、見上げる感じになりました。

「なんだよ？」

「……本は、この本は」

それだけやっといったまま、桂は胸に言葉がこみあげてきて、何もいえなくなりました。『ライオンと魔女』を抱きしめました。これはぼくにとって大事な物語で、本は大切にしなくてはいけないもので、そもそもこれは図書館の本だから、公共のものだから……。

そんなことをいいたかったのに、勝手に涙がふわっとにじんできました。たくさんの悲しみと押し殺した怒りが、涙に勝手に変わっていくのです。自分は五年生でもう十一歳なんだから、なんでこんなことで泣くんだよ、と情けなくなると、また涙がでてくるのです。

目の前がぼやけて、そしてその中に浮かんで見えてくるのは、お母さんの笑顔でした。

桂が赤ちゃんの時に死んでしまったひとです。ほんとうには覚えていない笑顔でした。パソコンの中の画像や映像、写真や絵でしか知らない優しそうな笑顔。

そのひとの笑顔を思い出したのは、いちばん好きなそのひとの写真が、図書館の本棚の前で本を抱きしめた姿だから。結婚前のお父さんが、昼下がりの日が差し込む図書館で、司書をしていたお母さんを撮った写真だったからでした。

この本は、お母さんが勤めていた子ども図書館で借りた本でした。生きていた頃のお母さんがさわったり、棚に置いたことがあったかもしれない本でした。

そういうことをいいたくて、でもうまくいえなくて、ただ唇をかんでいました。

秋生はいらだったように、

「また泣く。おまえのそういうところが……」

いいかけたところで、隣の席から、ゆったりとした声がかかりました。

「いいかげんにしとけよ、転校生」

鈴本翼《すずもとつばさ》が、塾の宿題のドリルをときながら、めがねをかけた目も上げずに、いったのでした。

「前からいおうと思ってたんだけど、そいつ、『生きている都市伝説』だからな？」

「……都市伝説？」

「そいついじめると、たたりがあるぞ」

「なんだよ、それ」

振り返ったところで、その後頭部をばさりと、佐藤《さとう》リリカがノートではたきました。

「いい加減にしなさいよ、いじめっ子」

日に焼けた黒い肌に、りんとした黒い瞳が映える美少女でした。長いポニーテールが、はずみをつけてぱさりと肩に掛かります。

「いじめじゃないぞ。人聞き悪いこというなよ、暴力女」

秋生は手で頭をかばい、くってかかりました。

翼が肩を揺らして笑いました。

「ほら見ろ早速罰が当たった」

リリカが腰に手を当てていいました。

「そちらこそ人聞きが悪い。これは暴力じゃないわよ。正義だもの」

「暴力に正義もくそもあるかよ。まったく、これだからアメリカ帰りの帰国子女は……」

いて、いて、と、続けて声が上がったのは、リリカが二度三度とノートを手に襲いかかったからでした。

そのとき、がらがらと戸を開けて、担任の石田《いしだ》先生が教室に入ってきました。

「授業始めるぞ」といいかけて、うん、と首をかしげたのは、たぶん泣いている桂に気づいたからで、桂はそれに気づくと慌てて涙を手でぬぐい、席に着いたのでした。

ああめんどうだなあ、と思っていました。

石田先生はいい人だけれど、またきっとなんで泣いていたのかと詰問《きつもん》してくることでしょう。――放っておいてほしいのに。

頭をさするようにしながら、前方の、自分の席に戻って行く秋生の方を見て、桂は思います。

ナルニアの本を抱きしめ、ああ腹が立つ、と思いながらも、秋生に悪かったなあと思うのです。

きっと普通の子だったら、あれくらいのことをいわれたりされたりしても、上手に流すに違いありません。ひょっとして本の奪い合いでとっくみあいになったとしても――でもそれはそれで、男らしくて良いことのような気がしました。そういうのってきっと、喧嘩《けんか》のあとに友情が芽生えたりするのです。少なくとも、物語の世界ではそうでした。

桂は、秋生のことがわりと好きでした。転校してきてそう経たないのに、もうみんなに溶け込んで、明るく笑い、楽しい話が出来る秋生が。あんなふうにお洒落に軽やかに生きられたら、楽しそうだよなあ、とかいつも思っているのです。

自分ときたら、ほんとに泣くばかり。小さい声でしか話せません。文章ならばいいたいことが書けるのに、どうしてしゃべろうとすると、うまく言葉にならないのでしょう。

情けない、そう思うと、自分で自分が悔しくて、また泣けてきて、桂は乱暴にしょっぱい涙をぬぐいました。

隣の席の翼は、教科書の陰に隠して、塾のドリルを続けています。ぼそっといいました。

「もう泣くなよ」

「うん……でも」

思わずつぶやきました。

「……泣きたくて泣いてるわけじゃないから」

「まあそりゃそうだよなあ」

三年生のときから同じクラスの翼とは、趣味も違うし、翼は毎日塾や習い事で多忙なので、一緒に遊ぶこともほとんどないのに、なぜか気が合う友達同士でした。

うしろの席から、リリカがぽんと肩を叩いていいました。

「ねえ、桂くんはそのおっとりして優しいところが素敵だと思うんだけど、たまにはいい返しなさいよ。ちょっといい子すぎると思う。あんなの蹴飛《けと》ばしてやればいいのに」

今年から同じクラスのリリカには、なぜか気に入られ、友達認定されていました。本人が前にいってくれた理由によると、「顔がきれいで気に入ったから」だそうで、それをかわいい笑顔で、まっすぐに見つめられていわれてしまうと、桂としては、そうですかありがとう、と答えるしかないのでした。

ぼくみたいに情けない人間に、なんてもったいない、と思ってしまったりもするのです。

でもそれはそれ。

桂は小さな声でリリカにいいました。

「ありがとう。でもぼく暴力はちょっと……」

「甘い。外国じゃ生きていけないわよ？」

「……ここ日本だし、ぼく、将来も日本語が通じるところからでていく気がないから」

そのとき、桂は前の方から秋生の視線を感じました。むかつく、そんな顔でこちらを見ています。秋生はいろいろいいつつも、リリカのことがちょっと気になっているらしいのです。

ああもう、と、桂は思いました。

ぼくは別に佐藤さんのこと友達だとしか思ってないから。だからそんなふうに、こっちをにらまないでほしいんだけど。

ため息をひとつつくと、翼がノートの端に、一言何か書いてみせました。

『植物と会話ができるんだよね？』

ふう、と、桂はふたたびため息をつきました。

そして、首を横に振ってみせました。

さらさらと、答えをノートに書きました。

『ぼくにはそんなことできないよ』

翼が怪訝そうにこちらを見ました。桂はそれに応えようとして、先生がこちらを見て咳払いするのに気づきました。

ナルニアの本を横に置いて、桂は算数の教科書をちゃんと広げ、前を見ました。

最後に一言だけ、ノートに書いて、翼に見せました。

『あとさ、ぼくたたったりしないよ。ひとを妖怪みたいにいわないでよ』

翼が嬉しそうに肩を揺らして笑いました。

「こら、鈴本。何がおかしい？」

石田先生の声が飛んできます。

はいはい、と慌てたように翼は答え、ドリルを教科書の下に隠しました。

花咲《はなさき》家の人々は、草や木のお友達です。

どういうわけなのかわからないけれど、先祖代々そうなのだそうです。

ご先祖様が、月のお姫様からもらった魔法の力だという言い伝えがありますが、大昔のことだし、本当のところはよくわかりません。

もしかして、おとぎ話みたいに、月にうさぎがいたり、かぐや姫がいたりするのなら、そういう理屈《りくつ》なのか、と納得できるのかもしれない、と桂は思います。物語の世界なら、そういったことがあったって変じゃありません。

でも、理系で頭がいい姉のりら子は、

『そんなことあるわけないじゃない？』

と、さらっといいます。

『きっとわたしたちは、遺伝子的に普通の人類とは違う存在なのよ。突然変異で生まれた、デフォルトとは違う人類なんだと思う。なぜか魔法めいたことが出来るから、これはどういうことだろう、理由があるに違いないって、おとぎ話が考えられちゃったんじゃない？』

『ぼくたちの力って、魔法やおとぎ話の世界のものじゃないの？』

『現実の世界には、魔法も奇跡も存在しないでしょう？　きっとこの力だって、どういう理屈で存在するものか、未来のいつかには解明されるものなのよ。えっとね。普通の鳥が空を飛ぶのって魔法じゃないでしょ？　ペンギンが泳ぐのも魔法じゃないでしょ？』

『……ぼくたち、ペンギンなの？』

『みたいなものかもね』

でもぼくは、まだペンギンじゃない。

桂は思います。

草木と会話が出来るはずの花咲家の一員なのに、桂にはそれができないのです。みんなが楽しげに、あるいは普通に草木と話をし、不思議な「魔法」を使うのが、花咲家の日常なのに、桂だけは、まるで普通のひとで、それができませんでした。

姉たちの手の中で、嬉しそうに花びらを開く薔薇《ばら》の枝は、桂が持っても、ひんやりとただそこにあるだけ。普通の花でしかありません。桂に向かって心を開いてくれません。

『力が多くある者と、ほとんどない者がいるというしねえ。その能力がいつ現れるかも人それぞれだともいわれているんだよ』

木太郎《もくたろう》おじいちゃんが、いつかそんな風に話してくれました。

『花咲家の力にはわからないことも多いんだ。たとえば、この力は血が花咲家本家から遠くなるほど弱くなるといわれている。風早《かざはや》の地から遠ざかると消えて行く力だとも語り伝えられている。でも、その一方、大昔、海外に渡った一族で、花咲家の力が持続したまま、そこにいついた者たちがいたらしい、という話もあるしねえ。この力は、どうにも気まぐれな、不思議な力なんだよ』

一方で、草太郎《そうたろう》お父さんは、いいました。

『花咲家の力も、時代によって少しずつ変わってきているのかもしれないねえ』

花咲家の特殊能力もさすがに薄れてきたのだろうというのです。これからは魔法の力が使えない子孫も出てくるんだろうな、と。

『昔ならともかく、いまの人類には、もう植物の魔法の力を借りなくても、たくさんのことができるから。この祝福の力はもういらないだろうと、神様のようなものが判断したんじゃないのかな、と、父さんは思うよ。

さみしいけど、それはそれでいいことじゃないのかな。人類は文明のステージがひとつ上がったということだよ』

横で話を聞いていたりら子が、

『そうかなあ。わたしは神様なんか信じないけど、もしそんなのがいるとしたら、逆に人間を見放して、もうほうっとこうと思ったんじゃないの？　人間ってろくなことしないじゃない？　それか、植物たちが人間を見放しはじめたのかもよ？　もうこいつらなんてほうっておけ、みたいな』

『緑は人間を嫌いになったのかな？』

桂がつぶやくと、長女の茉莉亜《まりあ》が、こら、と、りら子を叱《しか》りました。

そのときにはしゅんとした桂を見て、りら子も口をとがらせつつ、ごめん、とかいっていたのですが、でも、桂は重たくなった心を抱いたまま、ひとりうなずいていました。

そうかもしれない、と思ったのです。

植物は人間を――ぼくを見放したのかも。だからぼくには草木の心がわからないんだ。

桂のお母さんは、桂のために死にました。みんなはそんなことをいいませんが、桂はそう思っています。

もともとからだが弱かったお母さんが、さらに病弱になったのは、三人の子どもの末っ子である自分を産んだあと。そして赤ちゃんだった桂がひいた風邪がうつり、それをこじらせて、あっけなく死んでしまったのです。

そのことを、小さな頃に、たまたま近所のひとたちの立ち話で聞いて以来、ずっと桂は思っていました。

もし自分がこの家に生まれていなかったら、お母さんは、あの笑顔が素敵な優しそうな人は、いまも地上にいて、幸せに暮らしていたんじゃないのかな、と。

ぼくは悪い子だから、ぼくはここにいてはいけない子だったから、だから神様も緑もぼくのことが嫌いで、だから、ぼくには草木の言葉が聞こえない。

きっとそうだ。心の奥で、いつの頃からか、ずっとそう思っていました。

それを口に出していうと、うちのひとたちが悲しむから、だからいいませんでした。

家にいて、みんなと話しているときに、悲しくなってくることがあります。みんなのことを大好きなのに、自分だけが、ほんとはここにいちゃいけない子なんだと思うと。

そんなとき、桂は本を開きます。

本は広げると翼に似ています。この翼につかまっていれば、魔法の王国に行けるし、悪い子の桂でも、正義のヒーローがいる街で、ともに戦うことも出来ます。

それから本は、帆船の帆にも似ています。大好きだけど辛《つら》い場所から、魂だけを連れ出して、遠くの国や時の彼方に行ってくれる、帆船の帆です。

それから本は、扉にも似ています。大好きな家族と一緒にいるときに、その中にこもり、考えていることが見えないように、ひとりでいられる場所への扉です。


学校帰り、桂はひとりで商店街を抜け、遠くの図書館を目指しました。学校の図書室も近所の子ども図書館も、もうたいていの本を読みつくしてしまったので、新しい本を読むためには、違う図書館に行くしかなかったのです。

その図書館には、街を流れる川、真奈姫《まなひめ》川の下流に架かる橋を渡っていかなくてはなりません。何度か通ったことのある道なので、迷わずにまっすぐに歩きました。

ほんとうはこの辺りはあまり好きな場所ではありませんでした。特にこの川の辺りは。でも目を下に向けないように、空と橋と橋の向こうの街だけ見るようにしながら、急ぎ足で渡りました。廃墟になった遊園地と止まったままの観覧車が近づいてきました。

放課後、案の定、石田先生に呼び出されましたが、なんとか早めに解放されて、ほっとしました。秋生とリリカ、翼とともに職員室に呼び出され、何があったんだ、と聞かれたのですが、とっさに、「本を読んでいたら悲しくて泣いてしまったんです」と、嘘《うそ》を思いつけたので、それで押し通しました。隣でもう謝る態勢になってため息をついていた秋生がぎょっとするほど、真に迫った嘘がつけたのです。話を合わせるのがうまい翼が一緒だったのも幸いしました。翼も早く塾に行きたかったのでしょう、「本を読んで泣いてしまった桂を、秋生がからかい、それをリリカがたしなめた」という物語を滔々《とうとう》と語ってくれました。勘のいいリリカも話を合わせて、「そうなんです、先生」とうなずいてくれました。

桂は、ほんとうに、心の底からうんざりしていました。先生が親切と愛と、教育者としての情熱から自分たちを呼び出して、「和解」させてくれようとしているのはわかります。けれど、でも。自分が情けないのがいちばんいけないんだとわかってしまっている桂としては、こんなことで無駄な時間を使うより、本の一ページでも読みたかったのです。

「秋生くんは悪くありません。ご心配おかけしました。失礼します」

立ち上がり、頭を下げて職員室を出て、急ぎ足でさっさと学校を出たのでした。

晩秋の空には、きれいな鰯雲《いわしぐも》が流れていました。空の上にお母さんがいるよ、と、お父さんは小さい頃、よく話してくれました。家の縁側で、ひょいと空を指さして、

『ほら、あそこにいま母さんがいた』

と、いうのです。

ほんとに小さいとき、お母さんというものに憧れて、会ってみたかった頃は、そんなのにだまされて、真剣に空にお母さんの姿を探したものです。

みつけることができたら、お話しだって出来そうな気がしました。名前を呼ばれた記憶がないので、呼んでほしいと思いました。幽霊には難しいのかもしれないけれど、できればね頭をなでて、ぎゅうっとしてほしいな、なんて。

一生懸命探しました。だってもしかして、お母さんが上から見ているとしたら、見つけてあげないと悲しいんじゃないかなと思ったからです。

でも、一度も、空にお母さんを見つけることは出来ませんでした。何回も何回も、空を見上げるたびにお母さんを探したのに。

そんなある日、姉のりら子がいいました。

『空の上に、母さんがいるわけないでしょ』

『どうして？　父さんはいるっていったよ』

びっくりしました。近所の商店街のひとたちだって、よく、『桂くんのお母さんは天使になって、お空の上の天国から見ていてくれるからね』といってくれます。おとなたちが同じことをいうのですから、お母さんは天使になって、空の世界にいるに決まっています。

『空には大気圏と、その先の宇宙空間しかないよ。天国なんてどこにもないってば。そもそも花咲家は仏式で、家に仏壇があるでしょ。仏様は天国には行かないし、天使にもならないの』

『えっ？』

『仏式だと行くのは極楽浄土だってば。でもって、極楽がもしあるとしたら、それは空の上じゃないと思うよ。あれはたしか池とか沼とかそういう水辺にあるものなんじゃないの？　蓮《はす》の花が咲くところだって話でしょ』

『う』

いわれてみると、このうちには仏壇があり、昔亡くなったおばあちゃんの写真と並べて、ちゃんとお母さんの写真が飾ってあるのです。もうひとりのお姉さん、優しい茉莉亜が、毎日朝夕にはお水とご飯を供えています。

『じゃあ……じゃあ』

桂はぼろぼろと涙をこぼしました。

『空にはお母さんはいないの？　ぼく、お母さんと会えないの？　一生、永遠に、お母さんとお話しすること出来ないの？』

泣きじゃくる弟をかわいそうに思ったのでしょうか。りら子はちょっと悩むように腕を組み、ため息をつくといいました。

『まあわたしはね、神様とか死後の魂の存在とか信じてないけど、それはあくまで、まだ自分の目で見たことがないからってだけだから。だから、神様とか極楽とか、ええと、お空の上の天国とか、ひょっとしたらある可能性もあるから。ゼロじゃないから』

『ほんと？』

『あるものが存在しないことを証明することって誰にも出来ないからね。そういうの、悪魔の証明っていうんだよ。だからね、天使になった母さんが、お空の国からわたしたち一家を見守ってくれてるって可能性も、まあないとはいえないよね』

『わあ、よかった』

『うん。まあね。よかったね』

『お姉ちゃんも、もし、いつか天使になったお母さんに会ったら、お空の国のことや、神様のことを信じてくれる？』

りら子は苦虫をかみつぶしたような顔をしました。そしてめんどくさそうに、

『もしそんなことがあったらね』

と、答えました。『サンタクロースの存在を信じる程度には、天国や神様や魂の存在なんてものを信じる気になるかもね』

あれから何年もたって、さすがに最近は、桂はりら子に、お空の上のお母さんの話はしません。

空を見上げる回数も減りました。

というより、うつむくことが増えたのかもしれません。なぜって、もしかして空の上の国があって、お母さんが天使になっていたとしても、自分のことを好きかどうかわからないからです。

こんなに弱虫ですぐ泣く子どもなんて、嫌いかもしれません。あんな子どもなら無理して産まなければ良かったとか、考えていないとも限りません。

ふう、と、桂はため息をつきました。

と、うしろの方で足音がしました。

誰かが駆け寄ってきます。

「おい、花咲。花咲桂」

ふりかえると、秋生でした。

思い切りふてくされた顔をして、橋の上に立っています。目が合うと、ズボンのポケットに手を突っ込みました。

「あのさ」

「……なに？」

「なんで俺のことかばったの？」

桂はきょとんとしました。

「さっき。俺は悪くないって先生にいってくれたじゃん。あれ、どうして？」

「ああ、ええと……」

桂は困ってうつむきました。

「あれはその……かばった、とかじゃ……」

「ありがとう」

いきなり秋生がいいました。

顔を上げると、さわやかな表情で笑っていました。白い歯を見せて、頭に手をやって、

「うちの母さん、すごいうるさいんだよ。学校の成績にもうるさいけど、いじめに関わってたとか知れたら、殺されちゃうよ。やたらまっすぐで正義感強いんだもん。だから、そ

の、先生にチクらないでくれてありがとう」

「うん、まあ……」

じゃあ、意地悪なことといわなきゃいいのに、一瞬そう思ったのが顔に出たのか、秋生は、言いづらそうな顔をしていいました。

「あのね、これ話しとかないと、自分で自分が嫌いになりそうだからいうけどね。ごめん。悪かったよ。花咲見てるとなんかいらつくのは……弱っちいからなんだよ、たぶん」

「……うう。その、こっちこそごめん。ぼく、弱いから。ほんとに」

「ああ、そうじゃなくて。そうじゃなくってさあ。すごい怠《なま》け者に見えるんだよ」

「えっ？」

秋生は自分の両手で自分の髪をかきむしりました。そして、いいました。

「ええと、俺ね、俺も弱いの。弱いけど、弱いから、がんばって顔上げて生きてるし、弱いからどんな時も泣かないの。ほんというと話すのもうまくないし、空気読むのも下手だから、一生懸命学校で話そうとしてるし、さわやかな会話っていうのも研究してるわけ」

「え、あ、そうなの？」

嘘だろう、と思いました。思わずそう心の中でいってしまうほど、秋生はいつだって明るくさわやかな同級生だったからです。

「実は」

と、秋生はいいました。

「俺、小さい頃は泣き虫のいじめられっ子でさあ。でもそんな自分が嫌いで、男らしい男になろうと思ってがんばって努力して、で、いまがあるわけ。だからね。俺は思うんだ。ひとは最初から強いわけじゃない。強くなろうとするから、みんな強くなるんだ、って」

秋生は自分を指さしました。

「ソースはこの俺ね」

「……ええと、うん」

「花咲、おまえ見てると、昔の俺を思い出すんだよ。ぴーぴー泣いてた頃の俺をさ」

「はあ」

まあ実際、ぼくは情けないしねえ。いらつかれても仕方がない、そう桂は思いました。

だから桂がうなずくと、秋生は真剣な顔になり、桂をじっと見つめていいました。

「弱いって甘えだと俺は思う」

「……え」

「おまえさ、自分のこと好きか？」

「…………」

「嫌いだろう？　嫌いだけど、自分は弱いから仕方ないって思って、それで安心してるんだろう？　そのままで。強くなろうとしないで。変わるのをあきらめてさ」

「……だって」

ほんとに弱いんだもの、と口の中でつぶやいたとき、秋生がいいました。

「それが怠けてる、甘えてるってことなんだよ。俺ね、思うんだよ。たぶん世の中に、最初っから強い奴なんていないんだってさ。みんなほんとはどこかしら泣きたかったり、甘えたかったりするんだ。でも、それでもみんながんばってるんだと思う。みんながね」

秋生はヒーローのように、橋の上で両手を広げました。

「世界中のみんなが、子どもも大人も、そうなんじゃないかな、って俺は思うんだよ」

秋生の笑顔の歯の白さに、桂は目をしばたたかせました。青空の下に立つのが似合う奴だなあ、とそんなことを考えていました。

桂はくすりと笑いました。秋生の言葉が痛かったりくすぐったかったりしました。それでなんだか笑えたのです。

それと、秋生の言葉は、いつも姉のりら子にいわれる言葉にもよく似ていました。

『わたしだってね、小さい頃すごい泣き虫で弱虫だったんだから。だから桂だって、きっとがんばれば男らしい男になれると思う訳よ。努力しなさいよ、努力を』

努力してもみんなが強くなれるわけじゃないと思うけどな、と、桂は思います。肉体の強さに個人差があるように、心の強さにだって、強い弱いがあると思うのです。自分はりら子ときょうだいですが、あんな風に強くはなれないと思います。元々の心の強さはきっと、多少の努力では補えないんじゃないかなと思うのです。強くなれる人は、りら子にしろ秋生にしろ、強くなれる素質や才能があったんじゃないかなあと。

でも――桂は、空の下で顔を上げました。

うつむいて泣いているばかりの十一歳ではなく、いまより少しでいいから、上を向いて歩ける十一歳になれたらいいな、と思ったのです。

ほんの少し、ほんの少しだけでもいい、いまよりも強くなれたらな、って。

「それにしても」

と、秋生がいいました。

「俺んちのマンション、この近所なんだけどさ。で、ちょっと聞いたんだけど、こっちの方、『潰れた遊園地のそばの辺り』にはあまり来ない方がいいって」

「え？」

「遊園地そばのバス停のとことか、駐輪場とか、それとそこの川とかさ、犬や猫の死体が捨ててあるとか、悪いやつらのたまり場になってるって噂《うわさ》だからいっちゃだめって、母さんにいわれてるんだけど」

「……うん。そうだね」

少し前に、犬や猫がひどい死に方をしているのが見つかったと、そんなニュースが流れました。胸がきゅうっとなるくらいに悲しくて、嫌な気分になったのを覚えています。そのときの犯人はもうとっくに捕まったのですが、いまもこの辺りには似たような事件がたまにあるという噂でした。木太郎おじいさんがいうには、街には良いことが起きやすい場所と、悪いことが起きやすい場所があるということでした。廃墟になった遊園地そばのこの辺りの他にも、風早駅そばの高層ビルの足下の四角い公園や、三丁目の七つに分かれた交差点の辺りもよくないそうで、たしかに背筋が寒くなる場所なのでした。

桂は動物が好きでした。特に犬や猫の、ふわふわあったかい感じや、人間を友達だと思って、無邪気に見上げてくる目とか、大好きで抱きしめてあげたくなります。

動物たちの方も、桂が自分たちを好きだとわかるのか、しっぽをふったり顔をこすりつけたりして、懐いてくれるのでした。

人と話すのが苦手な桂にとって、街にいる犬猫は心を許せる友達だということもあって、大切な存在でした。一度だけ、小さかった頃に、子猫を拾って育てようとしたこともあります。病気だったので、ほんの数日で死んでしまいましたが。あのときの白い子猫の小さいのにあたたかい体や、青い目や、桂を呼ぶかわいい声をいまも忘れていません。犬も猫も、人間のことを大好きな優しい存在なのに、それを裏切ってひどい目に遭わせて殺してしまうなんて信じられない、と桂は思いました。いっそ自分も同じ目に遭って死んでしまえばいいのに、と思うほど。

桂は思います。この世界にもアスランがいればいいのにな、と。『ナルニア国物語』にでてくる、強くて優しいライオンの王。

『アスランきたれば、あやまち正され、
アスラン吼《ほ》ゆれば、かなしみ消《き》ゆる。
きばが光れば、冬が死にたえ、
たてがみふるえば、春たちもどる。』

死んでも蘇《よみがえ》り、あらゆるものを本来の姿に戻すという、偉大なる魔法世界の王アスランが、この世界にいればいいのに。

そうしたらきっと、犬や猫を殺すような人間はその罪にふさわしい裁きを受けて、殺されてしまった生き物たちは、優しいアスランの魔法の吐息を受けて、傷が癒え、もう一度この世に蘇るのです。

桂は、秋の空の下でうつむきました。

海に向かって流れる川を見ました。

そこにはコスモスが咲き乱れ、風に揺れていました。昔に誰か街のひとが種をまいて、それが毎年増えていって咲くようになった、と、聞いたことがあります。あまりきちんと管理されていないのか、好き勝手に伸びて咲いているようでした。川面に向かって長く伸びています。白やピンクの花がふわふわと揺れる、その様子はとてもきれいで、そんな悪い噂が似合う場所には思えませんでした。

桂の横に秋生が来て、いっしょに川をのぞき込みました。

「うん、何だ、あれ？」

ふと、秋生が指さしました。

「何か箱が流れてる」

コスモスの群れに取り巻かれた川の水に、段ボール箱が流れていきます。

少しずつ沈んでいくその箱が揺れて、ふたが開き、白い子猫が三匹顔をのぞかせました。

「ああっ」

桂は思わず川に身を乗り出して叫びました。そのとき、川のそばにいて箱を見ていたらしい、学生服を着た小さな背中が見えました。桂の声に慌てたように、コスモスの群れの中に身を隠します。あいつが川に箱を投げたんだ、と、桂は直感しました。

気がついたときには、桂は駆けだしていました。橋の向こうに向かって。渡りきれば、土手に降りる階段が確かあったはずです。秋生が同じことを思ったのか、あとをついてきました。というよりも、桂を追い抜いて、先に川の方に走っていきます。

「猫、あれじゃ、箱が沈んじゃう……」

「わかってるって」

二人は河原に降りました。川も下流なので、流れはそう速くないように見えました。でも、段ボール箱は沈みながら、海へと流れていくように見えます。川岸からいまにも手が届きそうなのに、遠ざかっていくのです。咲き乱れるコスモスの群れの向こうへと。

桂は思いました。風に揺れるコスモスに足を取られ、何度も転びそうになって川沿いを走りながら。もし自分に草木と話す力があったら、いまコスモスたちに助力を頼んで、あの箱を捕まえてもらうのに。もしここにいるのが自分じゃなく、花咲家の他の家族だったら、あの子猫たちを助けることが出来るのに。

箱の中の子猫たちは、川の水に流されながら、水が怖いのか立ち上がっていました。なんとか逃げようとして、でもどこにも逃げようがなくて、怖がって鳴いていました。

箱がゆっくりと流れながら、水に沈んでいきます。秋生と二人で、川沿いにその後を追いました。桂はコスモスの群れの中に踏み込んで川に近づきました。コスモスの群れは、川に向かってしなだれ、なびいているので、どこまでが地面なのかわかりませんでした。

ふいに足下が水に落ちました。ばしゃりと冷たい水にからだが沈みます。その冷たさに心臓がどきんとしましたが、桂は顔を上げました。目の前に子猫たちの姿が見えました。コスモスの群れに埋もれ、花に摑《つか》まり、すがるようにして、水の中でからだを起こしながら、段ボール箱に手を伸ばしました。指が届きそうです。あと少し……そう思ったとき。

ざぶりと水に落ちました。

青い空と白い雲と、コスモスの花びらが頭上に見えて、コスモスの水っぽい香りとしめった土の匂いに包まれたと思った瞬間に、頭のてっぺんまで、水につかっていました。

鼻が痛みました。水がどっと入ってきたのです。あわてて呼吸しようとして、水を胸に吸い込んでしまい、咳《せ》き込みました。水の中で目を開いても、苦しくてよく見えません。

秋生が何か叫んだのが聞こえました。

冷たくて、水が冷たくて、そして足が川底に着かなくて。ゆるやかに見えた水の流れも、足下からさらうように海へと押し流して行きます。もがいて、とにかく顔を上げようとしても、焦るせいかどちらが上かわかりません。

息が苦しくて、ああこのまま死んじゃうのかなあ、と思いました。

そのときでした。金色のたてがみのようなものが、目の前でなびきました。

まるでライオンのたてがみのような……。


ざぶりと、誰かの長い腕に抱え上げられていました。コスモスの群れの上に投げ出されます。桂は咳き込み、花の上に倒れ込みました。水を吐いていると、秋生が心配そうに駆け寄ってきました。

「大丈夫か、おい」

「……あ、あんまり、大丈夫じゃない」

苦しさに涙ぐんでいると、地面についた腕の中に、白い子猫が一匹、飛び込んできました。びしょ濡れの子猫を、誰かが桂の腕の中に投げてよこしたのです。抱き留めて、顔を上げると、逆光になって川の中に立つ、背の高い人影が見えました。

金色に光って見える長い髪をたてがみのようになびかせて、学生服を着たお兄さんが、川の中を歩いています。こちらに向かって歩いてきます。細く長い両腕に、一匹ずつ白い子猫を抱えて。コスモスの群れにとりまかれて。

ずぶ濡れの姿で、子猫たちを、秋生に渡して、その人は、笑いました。

「ほら、みんな助けたぞ」

桂は咳き込みながら、お礼をいいました。

「……あ、ありがとうございます」

「泳げないのかい？」

「……えっと、はい」

「てことは、俺がいま、学校帰りに通りかからなかったら、おぼれてたんじゃないか。なんてこったい。無理するなよ」

ぷっと吹くように笑われたので、桂はうつむき、小さな声でいいました。

「だって、猫……」

涙がこみあげてきました。

「猫、助けたかったから」

ずぶ濡れの小さな子猫を抱きしめているうちに、どうしても涙が止まらなくなりました。

すると、お兄さんが、隣にしゃがみ込みました。大きな手を頭に置いて、

「悪かった。がんばったんだよな。だから、もう泣くな」

たてがみのような茶色い髪から、ぽたぽたと水をしたたらせながら、いいました。きりっとした顔で、時代劇のお侍さんか、お相撲さんのような感じのお兄さんでした。おとなっぽくて、どことなくさみしげに見えました。

桂が斜めがけしたかばんにいれていた、子ども図書館で借りた本や、教科書やノートは、どれもこれも水に濡れてしまいました。かばんも一緒に川の中に落ちたのですから、仕方がありません。

秋生と二人で見ていると、お兄さんが、「お、『ナルニア』だ」と、いいました。

「『ナルニア国物語』好きなんですか？」

「挿絵がすごく好きなんだ。昔の子どもの本の絵、いいよね。俺、絵を描くんだけど、こんな絵が描きたいなって思ってる」

そういってお兄さんは、りんとした目を優しく細くして、濡れた本を見ました。

それから、子猫たちをどうしようという話になりました。

濡れた割に元気な子猫たちをじゃらして遊んでいた秋生が、残念そうにいいました。

「うちきっと母さんがだめっていうと思うんです。つい最近、犬か猫がほしいって俺いったんだけど、新築のマンションだから、動物はだめだって怖い顔で叱られたから」

「うちは……」

桂はうつむきました。

「――動物は死ぬからだめだって」

ずうっと前、桂が小さかった頃に、拾ってきた捨て猫。すぐに死んでしまった白い子猫。あれ以来、花咲家では、もう動物は飼わないことにしようと決まってしまいました。

たぶん子猫が死んだあと、その頃はまだとてもからだが弱かった桂が、ひどい熱を出して入院することになったりしたからでした。

それもこれも自分の弱さが原因で、自分を心配するからこそ、うちは犬猫を飼えないんだろうと思うと、桂には文句はいえませんでした。

「うーん……猫三匹か」

お兄さんが腕組みをしました。

しばらく考えて、うなずきました。

「わかった。じゃあ俺がみんなつれていこう」

わかった、といいつつ、お兄さんには何となく元気がありませんでした。

桂は秋生と顔を見合わせました。

考えてみたら、このお兄さんだって、桂には大人っぽく見えても、たぶん中学生くらいです。ということは、お父さんやお母さんにこの子猫たちを飼っていいですか、とお願いしなくてはいけないのでしょう。――三匹いっぺんに頼むのは難しそうです。

同じことを秋生も思ったのでしょうか。

「俺、家に帰ってから、母さんに相談してみます。だめかも……知れないけど」

と、いいました。

「ぼくも……」

小さな声で、桂もいいました。とたんに、くしゃんとくしゃみがでました。晩秋の風は寒くて、今更ながら、身震いしました。子猫たちも寒そうです。ぷるぷると震えています。

お兄さんは笑っていいました。

「大丈夫だよ。俺、ひとり暮らしだし」

桂と秋生は顔を見合わせました。

お兄さんは困ったような笑顔になりました。

「ええと、うち近所だから来る？　タオルも貸してやるよ。風邪引いちまうだろう？」

そういって、自分もくしゃみをして、笑いました。しまったなあ、この制服、どうしよう、といいながら。

もう一度、大きなくしゃみをしました。

「もう水泳の季節でもなかったなあ」

楽しそうに、笑いました。

コスモスの茂る河原からそう離れていない辺り、ひとけのない工場や、崩れかけた古い塀が続き、傾いたアパートが並ぶような辺りの、その一角に、お兄さんの家はありました。くすんで汚れた壁のアパートの、二階です。他の部屋には人がいないのか、汚れた窓に、カーテンの掛かっていない部屋ばかりのようでした。破れた障子《しょうじ》が見えている部屋もあります。ただ、そのアパートがなんとはなしに美しく見えるのは、アパートの周りの地面や、階段のあちこちにゼラニウムの花が咲いているからでした。赤やピンクのゼラニウムが、まるでテレビで見るヨーロッパの街にある洒落たカフェのように、あちこちであざやかに咲いて、それがかわいらしく見えるのでした。よく見ると、ゼラニウムは発泡スチロールの箱や、空き缶に植えられています。それでも、葉が青々と茂り、花がこぼれるように咲いているので、とても美しく見えるのでした。

赤くさびた階段にも、所狭しとゼラニウムは並べられていました。

「うちの親がこの花好きでさ」

言い訳するように、お兄さんはいいました。

「まあ俺も好きなんだけど。この花、枝を挿すだけで根っこが出るし、ほっといてもどんどん咲くからさ、楽でいいよな」

「はい」

桂はうなずきました。

「ゼラニウムは枝を挿すとつくし、水やりもあまりいらない、元気な花ですよね。あの、ぼくも好きです」

「おまえも花が好きなのか？」

「えと……うち、花屋なんです」

「へえ。じゃ、花詳しいのか？」

「少し……」

部屋の中は、きちんと片付いていました。でも、なぜか寒々として、寂しげに見えました。花咲家のいつもにぎやかな様子や、日が差して明るい家の中を知っている桂には、色あせてしんとした情景に見えました。たったひとつ救いなのは、部屋の中には緑が多かったことでした。ポトスや折鶴蘭《おりづるらん》や、いろんな蔦《つた》が、空き瓶や空き缶に入れられて、あちこちに置いてあります。

通された茶の間には、古い折りたたみ式のテーブルがありました。台所の隣のその部屋のあちこちにも緑がたくさん。小さな洋服だんすにも、いくつかあるカラーボックスにも、もちろんテーブルにも緑はありました。

ちょっと不思議に思ったのは、あちこちにキャンドルが置いてあることでした。まるでクリスマスの時期の飾りか、停電のときのような感じで、お皿にのったキャンドルがいくつも置いてあるのです。

桂の視線に気づいたのか、お兄さんはいいました。

「節約さ」

「せつやく?」

「電気代の節約のために、夜は電気つけないの。なかなか雰囲気があっていいんだぜ。風が吹くと、ふわっと灯《あか》りが揺れてさあ」

お兄さんは笑いました。古いアパートは、立て付けが悪いのか、どこからか風が吹き込んできていました。ドアか窓がきちんとはまっていないせいなのかもしれません。

このアパートはまるで壊れかけているように、あちこちにひずみがありました。さっき通ってきた玄関のドアも、木のドアが斜めにゆがんでついていました。もう鍵がかからないんだよ、と、お兄さんは笑っていました。

お兄さんはバスタオルを何枚か持ってきて桂に貸してくれました。柔軟剤を使っていないのか、ごわごわしていました。お兄さんは濡れた制服から灰色のくたびれた感じのジャージに着替えてきました。

台所で、やかんでお湯を沸かしながら、お兄さんは明るい声でいいました。

「うちさあ、母親が家出中なんだ」

「え？」

「家出中なの。もう七ヶ月、帰ってこない。置き手紙もなしに、金だけ置いて、家を出てった。たまにお金の振り込みがあるから、まあ、日本のどこかで生きてるんだと思う。いつ帰ってくるかわからない。ていうか、もう帰ってこないかも知れないかな、と、ちょっと思わないこともない」

「………」

「だからさ、俺ひとりなわけ。この際、猫三匹くらい家族が増えてもいいんだよ、うん」

手分けして、バスタオルで子猫たちを拭《ふ》いてやっていた桂と秋生は、思わず手を止めて、お兄さんの大きな背中を見ました。

なんだか深刻な話をしているのに、お兄さんの背中はどこか楽しげで、鼻歌を歌うようなのほほんとした声で、いいました。

「そうだよ。幸い、金はあるんだ。だからまあ大丈夫だよ。猫たちの食費くらい、まあ、なんとかなるだろう」

秋生が冷静な声でいいました。

「これから先、どうするつもりなんですか？」

「……どうって？」

「お兄さん、中学生ですよね？一人で暮らしていていいんですか？それって、お母さんは、育児放棄してることになるんだと思います」

「……まあ、ほんとはいけないんだろうね」

お兄さんはそう答えると、湯飲みやコーヒーカップに三人分お茶を入れて、テーブルに持ってきました。

「いよいよのときは、いくところがあるんだよ。うちの父方のばあちゃんの家が田舎の金持ちでさ。俺のことをすごいかわいがってくれてるから、いけば喜んでくれると思う」

でもさ、と、お兄さんは笑いました。

「俺がこの部屋を出て、いなくなったらさ、誰が母さんの帰りを待つんだ？」

お茶の湯気を見つめるようにしながら、いいました。

「いやもう帰ってこないかも、とは思うよ。うん。母さん独立独歩な人間だし。口癖《くちぐせ》は所詮人間はひとりなのよ、だし。うん。俺はもう中学生だから、ひとりでもなんとかやっていけるだろうと思って、おいていったんじゃないかとか思うこともあるしね。……でも」

口元が笑いました。

「母さん、あれで寂しがり屋だから、俺に会いたくて家に帰ってきたときに、俺がここにいなかったら、悲しいんじゃないかなって」

母ひとり子ひとりなのだと、お兄さんはいいました。白い子猫たちを膝の上にのせてやりながら。お兄さんが小さい頃、両親は離婚して、お父さんはいまでは外国で再婚して、そちらで暮らしているそうです。

「親父のことは覚えてないけどさ、まあ母さんの性格じゃあしょうがなかったんだと思うよ。母さん、コンピュータエンジニアでさ、すごい頭いいけど、負けず嫌いで細《こま》かいことにうるさくて、めんどくさいひとだもん。でもまあ曲がったことが大嫌いで、面倒見が良くて、笑い上戸の男前、って感じの、なかなか素敵な母さんなんだけどね」

ふふ、と、お兄さんは笑いました。

「ただねえ、あんまり性格がまっすぐすぎて。春に会社を辞めちゃったんだ。それがもう、転職を繰り返したあとで、やっと居心地がいいところを見つけたっていって、珍しく長く勤めていた会社でさ。この不況に、我が母親ながら、なんて無茶を、と思ったら、案の定、いい再就職先がなかなか見つからなくて。

で、そのうち、帰ってこなくなった」

お兄さんの顔は笑っていました。子猫にほおずりして、笑いかけてやりながら、楽しそうでした。でも、桂には、その心の中は泣いているような、そんな気がしたのです。

「元気なんだと思うよ。たぶん国内のいろんな場所でバイトをしてるんだと思う。振り込んでくる銀行の支店名がいつも違うもの。母さんはもともと旅行好きだし、趣味と実益を兼ねて、旅暮らしをしてるんだと思うね」

「そんな、無責任な」

秋生がつぶやきました。

「うんまあ、仕方ないんだよ」

笑顔で、どこか他人事《ひとごと》のように、お兄さんは答えました。

「母さんは人一倍、プライドが高いしね。あと、俺のことすごく大事で、愛してるし、昔、父さんに、自分ひとりで俺を立派に育ててみせるってたんか切っちゃったらしいんで……それがどうやらだめになりそうなんで、その」

言葉を探すように、お兄さんはしばらく黙り込み、やがて、ゆっくりといいました。

「現実から逃げてるんだと思う。家に帰ったら、現実とほら、向かい合わなきゃいけないからね。——こんなこと考えてるんじゃないかな、と、想像つくんだよ。母さん単純だし、頭いいのに、ちょっとお馬鹿だしさ」

　桂は何もいえずに、ただお兄さんの笑顔を見ていました。その目には涙なんて一滴も浮かんでいないのに、声が泣いているように聞こえました。

　お兄さんが、いいました。

「……母さんはなかなか、現実には帰ってこないと思う。でも、でもねえ、もしかして、ある日、すごい運良く仕事が見つかったりとか、それは無理でも現実に帰ってもいいかと思ったとき、俺が家にいなかったら、寂しいじゃないか、やっぱり」

　自分にいい聞かせるように、いいました。

「この部屋で、俺が待っていなかったら、寂しいんじゃないかな、って」

　それから、みんなで近所のコンビニに子猫のご飯を買いに行ったりしました。空き箱で猫用のトイレを作ったり、寝床を作ってやったりしました。

　子猫たちにご飯をあげたり、寝るまで遊んでやったりするうちに、いつのまにか時間がたって、気がつくとあたりは暗くなっていました。お兄さんは、部屋中のキャンドルに火を灯《とも》しました。ゆらゆらと揺れる灯りは、古いアパートの部屋を、まるできれいな映画の中のワンシーンのように、美しく照らし出しました。

お兄さんは、桂と秋生に、スケッチブックを見せてくれました。鉛筆で描かれたたくさんの絵は、どれも素敵に上手な絵でした。スケッチブックの中では、花が咲き、小鳥たちがはばたいていました。猫がはね、丸くなって眠り、こちらを向いて鳴いていました。

スケッチブックは何冊もありました。そして、実は絵はそれだけではなくて、お兄さんの部屋のふすまや壁にも描いてあったのです。

「大きい絵が描きたかったんだけど、イラストボード、高いからさ」

その部屋には、空がありました。雲があり、川が流れていました。足下には花が咲きみだれ、空には鳥が飛んでいました。そして、優しい顔の女のひとが、空を見上げていました。夢見るような表情で。長い髪をかき上げて。

「母さんだよ」

お兄さんは、照れたようにいいました。

「この絵は描いたばかりだから、まだ母さんに見せてないんだ。見せてもきっと文句しかいわないと思うんだけどね。母さんは、俺が絵に描いても、いつも何かしら文句をいうんだ。こんなに老けてないとか太ってないとかさ。いつだって文句いってた。この絵もきっと……ああ、何よりまず、壁に絵を描くなっていわれちゃいそうだなあ」

くしゃみしながら、笑いました。

「でもね、俺が母さんの絵を描くと、いつもすごい喜ぶんだよ。文句いいながらさ」

さっきからくしゃみが止まらないお兄さんは、鼻の辺りをこすって得意そうにいいました。最近風邪気味だったそうなのです。川に入ったのがよくなかったのかもしれません。

お母さんの絵の、その表情を見たとき、桂は胸の奥で、どきんと心臓が跳ねるのを感じました。その絵があんまり素敵だったから。そして、そのひとの絵に、深い深い、言葉にならないほどのいっぱいの愛が込められているのがわかるような気がしたからでした。

桂の家には絵がたくさんあります。家族がみんな、絵が好きだからです。そのどの絵と比べても、この絵は、素敵だなと桂は思いました。そしてなぜか、お父さんが描いた、自分のお母さんの絵にも似ているような気がするな、と思いました。

どちらも素敵だからかな、と考えて、それから、ううん、違うな、と首を振りました。たぶん何か、「お母さん」っていう雰囲気が似ているのかも知れないな、と。

街で見かけるお母さんたちは、小さな子どもを見るとき、こんな目をしているような気がするのです。ふんわりと優しい、幸せそうな、そんな笑顔で笑うような気がするのです。

そして桂は、静かに思いました。

このお兄さんは、ほんとうにお母さんに会いたいんだなあ、と。帰ってきてほしいと思っているんだなあ、と。

長い腕で子猫たちをまとめて抱っこしながら、お兄さんはいいました。

「この猫たちのお母さんは、いまどこでどうしているのかなあ。猫のお母さんって、俺、前に見たことあるけど、すごい子猫のことを大事にするんだよな。抱っこしてぺろぺろなめて、そりゃもうかわいがるの。——今頃、捜し回ってるんだろうなあ。かわいそうに」

優しい優しい声で、そういいました。

キャンドルの灯りは、なぜかひとをあったかい気分にさせます。家族みたいな、肩を寄せ合いたい気持ちにさせます。そして、小さなかわいいものを見ているとき、ひとは優しくなり、たくさん笑ったりもするものです。

子猫を川に捨てた（のかもしれない）中学生の話になると、お兄さんは吠えるように怒っていました。子猫たちをぎゅっと抱きしめて、「俺がそれを見ていたら、川にぶち込んでやるところだったのに」と、いいました。長い茶色い髪をなびかせて激怒するその様子は、やっぱりライオンみたいだな、と、桂は思いました。

ふと、思いました。このひとくらいの年になったとき、自分はこの半分くらいでも強くなれているといいな、と。

悪い中学生を川にぶち込めたりは出来なくてもいいのです。泳げなくても。……いややっぱり、多少は泳げた方がいいですが。とにかく中学生になったときに、このひとみたいに、通りすがりに冷たい川に飛び込んで、見知らぬ小学生や子猫たちを助けて、優しくあたためてあげられるような、そんなお兄さんになれているといいな、と。

お母さんが恋しいのに、さみしくて悲しいのに涙を流さず、そっと笑って話が出来る、そんなお兄さんになれていたらいいな、と。


気がつくと日はとっぷりと暮れ、空は夜の色になっていました。

「ああ、いけない」

お兄さんは暗くなった窓の外を見て、桂と秋生を、橋の上まで送ってきてくれました。

そして、橋の上で、いつまでも手を振ってくれました。町外れのその辺りは、街灯もまばらです。古いアパートや小さな工場しかない辺りなので、人家の灯りもぽつりぽつりとしかありませんでした。そんな暗闇の中で、ひとりだけスポットライトに当たるように、お兄さんは光の中に立ち、いつまでも桂たちに手を振っていたのでした。

秋生が歩きながらいいました。

「あのお兄さんの気持ち、ちょっとわかるな。うちも、両親離婚してるからさ」

「……そうなの」

「まあ別に珍しいことじゃないけどね」

さらりと秋生は答えました。

「うちの母さんも頭良くて負けず嫌いの女のひとだからさ、すごいよくわかったよ。あのお兄さんの気持ち。お互い、不器用な親を持つと苦労するなって思った」

橋の上には石なんてないのに、秋生は石を蹴るような足取りになって歩いていました。

「あの……」

桂は秋生にいいました。

「お兄さんのお母さん、帰ってくるといいね」

「帰ってくるんじゃないの？」

秋生がぶっきらぼうに答えました。

「帰ってくると俺は思うよ。賭けていいね。うちの母さんがいうには、母親ってのは何よりも息子が大事で宝物なんだそうだからさ」

晩秋の夜の風は、冷えた体を凍えさせました。桂は自分の肩をこすりながら思いました。

お兄さんのお母さんは、帰ってくるといいなあ、と。ぼくのお母さんはもう帰ってくることが出来ないんだから、せめて、お兄さんのお母さんは帰ってくるといいなあ、と。

あの壁に描かれた絵が、いまも目の奥に残っていました。

秋生がぽつりといいました。

「なんだかお兄さん、疲れてるみたいだな、と思った」

「……悲しそうだな、とは思ったけど」

「待ってるのって疲れるんだと思うよ」

「そうかな。……そうだよね。うん。家族の帰りを待つのって、疲れるよね」

「たまに、猫見に行こうな」

「うん」

「猫缶とか、おみやげにしてさ」

「うん。それいいね」

桂がうなずくと、秋生は少し笑いました。


その夜、桂は熱を出しました。

りら子に叱られて、体温計をくわえさせられて、子ども部屋の、ふかふかの布団に押し込められました。この部屋はいまは桂だけが使っている、本棚がたくさんある部屋でした。

「ちょっと、八度九分もある」

体温計を見ながら、りら子があきれたようにいいました。

「あんたなんで、この寒いのに川に落ちたりしたのよ？」

「だからさっきいったじゃない？　子猫がおぼれそうになっていたから、って……」

桂は布団の中で口をとがらせました。

茉莉亜がおっとりとききました。

「それでその子猫ちゃんたちは、いまどこにいるの？　大丈夫なの？」

「それは……」

桂は口ごもりました。

さっき、家に帰ったときは、服が濡れている理由を、川に落ちた、猫を助けようとした、と、それだけしか話しませんでした。

それはあの、お兄さんが、桂と秋生に口止めしたからでした。――自分がひとり暮らしをしていることを、おとなにはいわないでほしい、と。

『ひとり暮らしがばれるとさ、どこかお役所からばあちゃんとこに連絡が行ったりして、俺、ここをでなくちゃいけなくなるかもしれないからさ』

おとなは親切だけど、ときどきうるさいからね、と、お兄さんは子猫たちを抱いて、笑っていたのです。

桂と秋生は、お兄さんと男の約束をしました。だから、お兄さんのことはいわずにおこうと桂は決めていました。

「……預かってくれるって人がいたから、だから子猫たちは大丈夫なの」

「ああ、それはよかったわねえ」

茉莉亜が微笑み、となりでりら子も、布団をかけ直してくれながらうなずきました。

「あの、でもね」

桂はいいました。少しだけ顔を上げて、居間の方にいるお父さんにも聞こえるように。

「子猫は三匹いるの。それでぼく、あの……一匹もらいたいんだけど。いいですか？」

りら子と茉莉亜、ふたりのお姉さんが、びっくりしたように、桂の方を見ました。

りら子が、静かにいいました。

「猫はね、人間より弱いから、すぐに病気になったりするし、どっちみち、人間より早く死んじゃうんだよ？　そしたら、悲しいでしょう？」

「悲しいけど、悲しいけど、でも、ぼく」

桂は言葉を飲み込み、そしていいました。

「子猫と暮らしたい」

死んでしまった白い子猫のことを思いました。ほんの数日しかうちにいなかったかわいい子猫。助けられなかったのは悲しいことだけど、でも、あの子猫と出会わなければ良かったとは思いません。

死んでしまうから、一緒にいたくない、さよならが決まっているから出会いたくないとか、そんなふうには思えません。

腕の中にもう一度、あのあったかい子猫がほしいと思いました。かわいい声が聞きたい。ごろごろのどが鳴る音が聞きたいし、ざらざらの舌で顔をなめてほしいと思いました。

言葉にしない思いがありました。

すぐに死んでしまう命だからって、そんなさよならはしたくないんだ。だって……。だってぼくの母さんは、もう死んで、世界のどこにもいないし、ぼくは会えないけど。記憶にも残っていないけど。

でも、この世にいなかった方がいいってことにはならないでしょう？

畳を踏んで、近づく足音がありました。お父さんの足音でした。

布団の横に膝をつき、身をかがめて、

「桂、おまえいくつだっけ？」

「十一歳。小五だよ」

「そうか。そうだったよな」

おっとりとした笑顔でお父さんは笑いました。

「きみはずっと我が家の末っ子だから、なんだかずっと大きくならないような気がしていたんだけど——そうか、十一歳だったか」

腕組みをして、深くうなずきました。

「じゃあもう猫の世話くらい出来るな？」

「う、うん」

胸がどきどきと鳴り始めました。熱のある熱い顔がさらに熱くなるのを感じました。

お父さんは、ふたりの娘たちの方を見ました。ゆっくりと改まった口調でいいました。

「お父さんとしては、桂が自分で面倒を見るなら、猫を飼うことを許可してもいいかな、と思うんですが。君たちはどう思いますか？」

茉莉亜がふんわりと笑いました。

「猫のいるカフェって絵になると思うし、お客様を呼んでくれる招き猫にもなってくれると思うから、わたしは賛成かしら？」

りら子は、何事か考え込んでいるようでした。しばらくして、うなずきました。

「桂がちゃんと猫の飼い方を勉強してからならいいかな。あとでいい本をネットで探してあげる。少しでも長生きするように、大事に育てるなら。……あのね。猫が死んだり病気になったりしたら、桂、あんただけが落ち込むわけじゃないんだからね？」

「……ありがとう」

桂は涙ぐみ、家族たちにお礼をいいました。さっきまで熱で具合が悪かったのに、いまは幸せで胸がふわふわするようでした。

とりあえず、桂の熱が下がってから、みんなで詳しい話をしよう、ということになり、桂は安心して、目を閉じました。

眠りながら、桂はふと、思いました。ライオンみたいなお兄さん、風邪気味だったというお兄さんは、熱を出してないかなあ、と。

家族がいないあのお兄さんが、もし風邪を引いたなら、誰が体温計を持ってきたり、風邪薬を持ってきてくれるのでしょう?

夢を見ました。

ぽかぽかと、温かい小さなものが、おなかのところにふわりと丸くなっているのです。なんだろうと思ってさわると、ごろごろという音がしました。あれ、と思って、そうっとさわっていくと、温かいぴんとした耳と、長いしっぽがありました。

「あ、子猫だ」

白い子猫は、小さな足で桂のおなかと胸を踏み、ふとんから顔を出しました。青く光る目で桂を見て、胸の上に座りこみ、かわいい声で鳴きました。

桂は、寝ぼけた頭で、あれ、と思いました。

いつのまに子猫がうちに来たんだろう？

おかしいなあ、と思いながら、白猫の小さな頭を両手でなでました。子猫は桂の胸の上に顔を伏せ、幸せそうに目を閉じました。ぽかぽかと温かいからだが胸の上に乗っていると、桂はなんだか幸せでした。そして、熱があってだるいからだの辛さが、すうっと子猫に吸い取られていくような気がしました。

明かりを落とした部屋の中で、子猫を抱いて目を閉じていると、水の匂いとコスモスの匂いがしました。

そういえばさっき、お姉さんのどちらかが、お薬とお水を持ってきてくれたときに、お見舞いみたいに、コスモスを生けた小さな花瓶を持ってきてくれたんだっけ、と思い出しました。

たしか、薬と一緒に枕元に置いてくれたような気がします。

また眠くなってきたとき、コスモスが何かいったような気がしました。

『火事』

え。と目が開きました。

『燃えるよ』

『死んでしまうよ』

布団の中で、身を起こしました。

胸元の子猫をつぶさないように抱きしめて。

枕元に置かれた小さなガラスの花瓶に生けられたコスモスが、ゆらりと揺れながら、吐息のような言葉を吐きました。

『キャンドルは危ない』

『風が炎を揺らすよ』

『ゆらゆら』

『ゆら』

『燃える』

『る』

桂は、コスモスの花びらにふれました。冷たい花びらは、風に吹かれた鳥の羽根のように、ふわりと指先で揺れました。

そのとき、桂は一瞬の間に、幻を見ました。指先を通して、早送りの映像のように、ここにはない情景を見たのです。

夕方に行った、あの古いアパートの部屋で、茶色い髪のお兄さんが、テーブルに突っ伏して寝ています。そばには風邪薬の瓶。風邪で熱があるのと、薬を飲んだあとの眠気のせいで、ぐっすりと眠っているようです。

部屋のあちこちに置いたキャンドルの火に照らされて、お兄さんは何か温かい夢でも見ているのか、微笑んで眠っていました。腕の下には開いたままのスケッチブック。鉛筆で、桂と秋生の笑顔や、猫を抱っこしている様子が描かれていました。

お兄さんのそばには、白い三匹の子猫。それぞれに肩に寄り添い、膝に乗り、足下にくっついて丸くなったりして、すやすやと眠っていました。その様子をまるで見守るように、テーブルの上のジャムの瓶に生けられたポトスが青々と葉を茂らせていました。

そのとき、部屋のどこからか、窓か扉の隙間から、ひゅう、と風が吹いてきました。ふいに、カラーボックスの上に乗っていたキャンドルの、その炎が長く揺らぎました。

何か魔物でも息を吹き込んだかのように、強い風が吹き、ぱたり、と、キャンドルが倒れました。炎がじわじわと、カラーボックスを焼いていきました。カラーボックスの上に飾られていた、小さなカポックが恐怖のあまり聞こえない悲鳴を上げるのを、そのとき、桂は心で感じました。胸の奥で聞いたのです。

桂はパジャマのまま、家を出ました。

庭の木々が、草花が夜風にざわめく中を、走りました。白い子猫が、薄ぼんやりと光りながら、足下を一緒に駆けました。

「これは、夢なんだ」

つぶやきました。夢の中の出来事なんだ。

その証拠に、風に乗るようにからだが軽く、走る足が地に着いているような感じがしないのです。走っても走っても息が切れません。気がつくとはだしのままだったのに、足の裏がひんやりとするだけで痛くないのです。

真夜中の、人通りが絶えた商店街を桂は走り、バス通りを走り、やがて橋を渡りました。

橋の向こう、あのお兄さんの住んでいる古いアパートを目指して。

暗い道も、白い子猫が足下を灯りのように照らしてくれました。

ゼラニウムに取り巻かれたアパートに着きました。地面に置かれたゼラニウムも、階段に置かれたゼラニウムも、みんなで手を振るようにゆらゆらと揺れて、夜の闇の中で、桂を呼んでいるようでした。

『早く』

『早く』

と。

見上げると、二階の、あのお兄さんのいた部屋の、その窓が明るく光っていました。

「火事だ」

桂と白い子猫は、さびた鉄の階段を駆け上がりました。斜めにかしいだ木の扉の隙間から、灰色の煙が流れています。弱い街灯に照らされてそれが見えます。

桂は、扉に飛びつきました。

ぎゅっとノブをつかんで回して引っ張ります。それは小柄な桂には重たい扉でした。でも、そばにあったゼラニウムが、枝を伸ばし、葉を伸ばして力を貸してくれました。ゼラニウムの葉の匂いが、ものの焦げる匂いと一緒に、風に流れました。

どっと噴き出すように、部屋の中から、灰色の熱い煙が流れ出してきました。

桂は顔を腕でかばい、一息つくと、部屋の中に踏み込み、お兄さんを捜しました。

赤い炎が波のようにゆらゆらとあちこちで燃えていました。カラーボックスが燃え、カーテンが、ふすまが、畳が燃えています。そしてその中で、お兄さんがふところに怯えた子猫たちを抱えて、倒れていました。

「お兄さん、お兄さん、起きて」

必死に呼んで、腕を引っ張りました。

炎と煙が桂を巻き込もうとします。外への扉が開いたことで、炎はよりいっそう元気になったようでした。空気が熱くて、全身がちりちりと焼けてしまいそうです。呼吸をしようとしても、吸い込む空気が焦げ臭く熱くて、息が出来なくなりそうでした。

「お兄さん」

桂は叫びました。

「逃げないと死んじゃうよ」

お兄さんはうっすらと目を開けました。咳き込みながら、いいました。

「いいよ、もう。俺は、死んでもいいんだよ。もう、ここにいることに、疲れたんだ」

「だめだよ」

桂は叫びました。心の底から、叫びました。

「死んでもいいことなんてないんだよ。生き物はみんないつか死んでしまうから……だから、生きなきゃいけないんだ。少しでも長く楽しく生きなきゃいけないんだよ、きっと。

ぼくは……」

桂はぎゅうっとお兄さんの腕を抱きしめました。炎の中で、空気が燃えて皮膚が痛む、その痛みに耐えながら。

「お兄さんがそれで良くても、ぼくが悲しいから、お兄さんはいま、死んじゃだめだ」

秋生だって三匹の子猫たちだって、そんなことになったらきっと悲しむに決まっています。そして――桂は、燃えるふすまを、その炎に照らされた、壁に描かれたお母さんの絵を見ました。あのひとだって悲しむに違いないのです。

「だから、ぼくは……」

桂は熱い空気を吸い込んで、叫びました。

「だからぼくは、お兄さんを助ける」

言葉が通じると、わかっていました。

その瞬間、自分の言葉が、かけた願いが、緑たちに通じないなんて、かけらも思っていませんでした。

部屋の中に並べられ、育てられていた緑たちが、桂の心の叫びに応え、身を震わせました。そして、「魔法」が始まりました。小さな姿の観葉植物たちは、まるで早回しの映像のように、見る間に生長し、葉を伸ばし、蔓《つる》を這わせ、黄や白や赤の南国の花を咲かせながら、部屋の中にあふれてゆきました。それはまるで、緑の波が炎と煙を巻き込み、そのやわらかなてのひらで、押しとどめ、くるみ、消し去って行くような、そんな様子でした。緑の波が揺れながら広がって行く様子は、広い草原を風が渡って行くような、そんな動きで、そしてそれは、まるで巨大な緑色のライオンのたてがみが風になびいていくような、そんな様子に桂には見えたのです。

桂の膝の上に、光る白い子猫が飛び乗りました。そして青い目を輝かせて、いっしょに、緑の波を見ていました。

炎と煙は、緑の波に巻かれて、消えていきました。緑の波に押し流されたように。

夜の風が、玄関から透き通ったように澄んだ空気を吹き込んできました。部屋の中は、まだあちこち燃えてくすぶり、焦げて熱く、うっかりしたものにふれると火傷《やけど》をしそうでした。炎が消えて真っ暗になった部屋の中は、開いたままになった扉の向こうにある小さな街灯の明かりに、薄ぼんやりと照らされていました。焼け焦げた部屋の中で、緑たちは茶色く変色して枯れていました。まるで死体のように、部屋中に葉や枝や茎がありました。枝や葉を長く茂らせた姿のまま、力尽きたように枯れていたのです。

畳の上に座り込んでいた桂は、うつむいて、そっと涙を流しました。

花咲家の血を引くものが願うとき、草や花たちは、普段は封印されている、不思議な力を使うことが出来る。緑たちは、ひとや生き物の命を支え、守ることを喜ぶ。けれど、あまりに大きな力を使いすぎてしまうと、草木は枯れて、死んでしまうのです。家族から聞いた、その話の通り、無残な最後の姿が、いま目の前にありました。

膝の上に乗っていた白猫が、立ち上がり、慰めるように、涙をなめてくれました。

「ありがとう」

　桂はそっと、子猫の頭をなでました。子猫は嬉しそうに青い目を細め、そして、なでているうちに、その姿は薄れ、薄闇に溶けるように消えていきました。ふうっと膝の上にそよ風が吹いて、外へ、夜空へと吹きすぎて行くのを桂は感じました。

「……うん、わかってたんだ」

　桂はつぶやきました。その子猫が、ほんの少しの間、帰ってきてくれた、遠い昔の、あのときの子猫だったということを。

　遠くの方から、消防車のサイレンの音が聞こえてきました。近所のひとが、消防署に電話をしてくれたのかも知れません。

　お兄さんがかすかにうめくような声を立てました。その腕の中の三匹の子猫たちは、きょとんとした顔をして、桂の方を見ています。

「みんな、大丈夫だったね」

　桂は笑いました。自分のパジャマが焼け焦げて、はだしの足の裏が汚れているのを見て、そしていま自分が現実の世界にいることを、はっきりと悟ったのでした。

　それから少し日にちがたった、十二月の初め。秋が終わり、街がクリスマスの雰囲気に変わってきた頃に、お兄さんは、遠くの街の、おばあちゃんの家に引き取られていくことになりました。その家は、夏には庭にひまわりが咲く、大きな農家なのだそうです。猫好きのおばあちゃんがつれておいで、といったそうで、お兄さんは白い子猫を一匹つれていくことになりました。残り二匹の子猫は、桂と秋生で一匹ずつ引き取ることになりました。お兄さんが引き取られていく田舎までは、風早の街からは、電車に乗って、少しだけ長い旅をしなくてはいけないそうです。

今度の火事がきっかけになって、そういうことになったのですが、お兄さんは、さっぱりとした笑顔になっていました。

「俺は、ここにいちゃいけなかったんだと思う。いまならわかるよ」

どのみち、もうじき取り壊される予定だったというアパートに、お兄さんと桂たちは、冬の初めの、ある昼下がりに行きました。焼け焦げた部屋を片付けるため、その手伝いをするためでした。

お兄さんはあの夜、火と煙を肺の中に吸い込んでいたので、あのあと、十日ほどの間、入院しました。退院してすぐのからだで、ひとりで部屋を片付けなくてはならず、その日に田舎に引っ越していくというので、桂たちは手伝いに行ったのです。学校で声をかけたら、リリカと翼も手伝いに来てくれることになりました。というより、休み時間に秋生と打ち合わせしていたら、二人も来ることになったのです。千草苑《せんそうえん》からもお店の車が出て、茉莉亜が手早く大きな荷物をまとめて、お兄さんの引っ越し先の田舎に送るために、持って行ってくれました。

クラクションを鳴らして、走ってゆく車にお兄さんは頭を下げて、長く見送ったあと、お兄さんは柱たちに何度目かのありがとうをいいました。

「俺はここをでることになってよかったんだろうなあ」

冬の青い空の下で、独り言のようにいいました。手にはつれていくことになった子猫を抱いていました。

足下には大きなバッグがいくつかあります。子猫を入れるためのキャリーも。これからお兄さんは、夕方発の電車に乗り、ゆっくりとこの街を離れて行くのでした。

「いま思うと、俺はたぶん、ここにいることで母さんに復讐したかったのかもしれない」

「ふくしゅう？」

お兄さんは茶色い髪を揺らしてうなずきました。長いたてがみのような髪は、もうさっぱりと切っていました。

「崩れかけたアパートで、置いてけぼりにされても……ひとりぼっちで捨てられても、じっと待って、そのまま死んでしまったら、母さんは少しは悲しんでくれるかな、そしたらちょっと嬉しいかな、とか考えていたかも知れない……ような気がする」

「……」

「ほんのちょっとのことだぞ」

お兄さんは打ち消すように笑いました。

「ほんのちょっと……俺は待ちくたびれたのかも知れないな。休みたかったんだと思う」

桂は、お兄さんに聞きました。

「まだ、疲れてますか？」

お兄さんは笑顔で首を横に振りました。

「病院でたっぷり休んだしね」

そして、桂にいいました。

「部屋のポトスや折鶴蘭のぶんも生きなきゃいけないしね。ゼラニウムたちの分だって」

アパートの周りに咲いていたゼラニウムたちも、ほとんどが枯れてしまっていました。

あの夜、炎を抑えるのに力になってくれていたのでした。花たちは、嬉しそうに枯れていきました。自分たちを育て、咲かせ、世話をしてくれていた寂しい男の子の命を、その力で救うことが出来たからでした。

桂はジャケットのポケットから、小さな包みを出して、お兄さんに渡しました。

「えっと、ゼラニウム、一枝だけ、まだ生きてるのがあったから、おじいちゃんに治してもらいました。引っ越した先で、増やして咲かせてください。

あの、ぼくのおじいちゃん、植物のお医者さんなんです。傷や病気を治すのが上手で」

桂は笑顔でいいました。

「まるで、魔法のお医者さんみたいなんです」

「ありがとう」

お兄さんは身をかがめ、微笑んで、大事そうにゼラニウムの枝を受け取りました。

「大事に連れて行く。大事に育てるよ。おばあちゃんの家でゼラニウムが、花の波みたいになるように育てるんだ。いつか母さんが迎えに来てくれたときに、びっくりするくらいにね。花が咲いたら、絵を描いて送るからって、おじいちゃんに伝えといてくれよな」

そして、お兄さんはいいました。

「風早の街のどこかに、草木と友達の一族がいるらしいって話は聞いたことがあったよ。小さい頃、母さんに聞いたんだ。おとぎ話みたいで、素敵な話ねって母さんはいってた。母さんも俺も、緑が大好きだったから、うらやましいね、って話してたんだ。いつかうちの緑たちとも話してみたいねって。いつもきれいに咲いてくれてありがとう、きれいな姿を見せてくれてありがとう、っていいたいねって。そんなおとぎ話みたいなことがほんとにあったらいいのにね、って話してたんだ。

あれはおとぎ話じゃなくて、ほんとのことだったんだね。花を咲かせる一族のお話は」

秋生が得意そうにいいました。

「こいつ、花咲桂って、『生きている都市伝説』なんですよ」

そうそう、と、翼がうなずきます。

「変なことしたらたたられちゃいますからね」

「またそんなひとを妖怪の仲間みたいに」

桂が口をとがらせると、横でリリカがエプロンを外しながら、いいました。

「そうよ。魔法使いか精霊みたいで、とても素敵な能力なのに。まるで童話の本みたいで、素敵じゃないですか？」

クラスメート三人は、あのあと、桂から火事の話を聞いても、何の疑いもなく納得してくれました。それどころか、大喜びでした。

内心、こんな話をして怖がられたりいやがられたりしたらどうしよう、信じてもらえなかったらそれはそれで嫌だし、と思っていた桂だったのですが、そんな心配は杞憂《きゆう》でした。

思うに――。昔から、子どもの本で良くあるように、子どもたちはこの世界に魔法や奇跡があることを願っているのです。世の中が現実的なことだけでなく、物語めいた出来事の要素も持っているといいな、と思っていて、だから、本物の都市伝説が、その主人公がクラスメートだったなんて素敵な出来事を、信じないはずもなかったのでした。

お兄さんは、笑顔でうなずきました。

「うん。そうだね。この力は童話だね。魔法使いって、この世にほんとうにいたんだね」

優しい声で言うと、猫ののどをなでながら、空を見上げました。

「この世界には、ほんとうに、魔法も不思議も、奇跡のようなこともあるんだね」

桂は何も答えずに、片手でほっぺたをこすりました。ちょっとだけ照れていました。

片方の腕には、さっきお兄さんからもらった、絵を描いた紙を丸めたものを抱えていました。病院で、看護師さんにもらった紙に描いたというその絵は、魔法使いの格好をした、桂と子猫の絵でした。どことなく物語の本の挿絵のようなその絵の中で、桂はゼラニウムの花や蔦やポトスに取り巻かれ、三角帽子をかぶり長いマントを羽織って、笑っていました。楽しそうな笑顔でした。

「ありがとう」

お兄さんがいいました。

「助けてくれて、本当にありがとう」

指をわきわきと動かして見せて、にやりと笑いました。

「あの火事で絵はみんな焼けちまった。スケッチブックも壁やふすまに描いた絵も。でもな、俺が生きてさえいれば、いくらでもまた新しい絵が描けるんだ。燃えちまった絵は二度ととり戻せないけれど、代わりにきっともっとすごい絵が描ける。

それがたぶん――生きてるってことなんじゃないかなって、俺は思ったんだ。だから、だからね。助けてくれて、ありがとう」

桂は思いました。――ぼくには魔法が使えるのかも知れない。この力で草花も人もみんなが幸せになって、誰かの命が守られるのなら、ぼくは、善い魔法使いになれたらな、と。

遠い魔法の王国の、偉大なるライオン、アスランのように、命を守る勇者になれたら。

……いやぼくは、あんなに強くも立派にもなれはしないだろうけど。何しろ、ライオンじゃないし。ただの十一歳の人間の子どもだし。

でも、と、桂は顔を上げました。

冬の澄んだ風が駆け抜ける、空を見ました。

ぼくは強くなる。草や木がぼくのそばにいてくれる限り、ぼくは魔法使いになれるんだ。

物語の主人公みたいに。

少し伸びた髪を風になびかせて、空を見上げていると、薄く白い雲の間で、きらりと何かが輝いたような気がしました。

高い空を天使がはばたいたような、その翼が放つ光みたいだな、と、桂は思いました。

十年めのクリスマスローズ

今年のクリスマスイブは、月曜日でしたがお休みの日で、風早《かざはや》植物園は夕方になるまでたくさんの人々で賑《にぎ》わっていました。

特に日が落ちる頃からは、ひとが増えました。植物園中に灯《とも》された灯《あか》りはとても美しいものでしたし、この街の名物の、戦前からあるという巨大なもみの木を見に、たくさんの人々が訪れていたのでした。

見上げるほどに大きなもみの木は、長く見事な枝に、きらめく灯りを得意げに灯し、夜の植物園のその中央、小高い丘の上にそびえ立ち、集まる人々と、そしてその下に広がる市街地を見下ろし見守っているようでした。

もみの木の丘のそばに、冬の薔薇《ばら》をまといつかせた東屋《あずまや》があります。そこにFM風早のオンエアのためのブースが出来ていました。

クリスマスのリクエスト番組の特番が、今年は、植物園からの生放送になっていたのでした。人気アナウンサーの野々原桜子《ののはらさくらこ》さんが、街のいろんな人々をゲストにしつつ、リスナーからのリクエストを紹介しながら進めてきた、この特番、午後の二時から放送してきて、もうすぐ番組終了の六時を迎えようとしていました。長時間しゃべり続けても疲れもみせない笑顔の桜子さんの隣には、園の制服のジャンパーの下に、おそろいのエプロンを着けてにこにこ笑う、草太郎《そうたろう》さんの姿がありました。そう、花咲《はなさき》家のお父さんです。

植物園の広報部長である、花咲草太郎さんは、この街のちょっとした有名人のひとりでした。早くいうと人気者です。黙っているとまあまあハンサムで、素敵にすらっとした長身なのに、妙に親父ギャグが好きだったり、オタクな趣味もあったりするというので、街の老若男女、小さい子にまで人気があるのでした。それどころか、最近は全国的にもちょっと有名な五十代になりつつありました。

最初は植物園のTwitterから人気に火がついたのでした。それまでも植物園の公式サイトやブログの運営をしていた草太郎さんが、日本でTwitterが流行し始めた時期に、

「Twitterって面白そうですね」

と、何の気なしに公式アカウントを始めたところ、そのほほんとした雰囲気と、植物に関する深い知識、本や漫画、アニメにコンピュータなどに関する、これも深い知識が面白いというので、あっというまにフォロワーが増え、マスコミの取材を受けるまでになったのでした。

元々草太郎さんは人間が好きです。楽しいこともおしゃべりも誰かと盛り上がるのも好きですし、取材を受ければ上手に相手が喜ぶような返事をしたりもします。それに何より、風早植物園の宣伝にもなることですから、草太郎さんはいつでも呼ばれればどこにでも出かけていったし、何かを頼まれれば笑顔で引き受けてきたのでした。

風早植物園は、明治時代からある古い大きな植物園です。花咲家の先祖が、開園のとき、縁があって力を貸した植物園でもありました。

開園から長い年月の後、大学院をでたあとの、若き日の草太郎さんがそこに就職したのですが、その頃のここは、どちらかというと植物の保存や研究のための施設という色彩が強く、日曜日でもほとんど園の中は無人、という、街のひとたちから忘れられたような施設でした。

それを草太郎さんと、同期の人々、元からここにいて現状をこれじゃだめだと思っていた人たちがいっしょになって、いまの華やかで楽しげな植物園に変えていったのでした。

いまの風早植物園は、街の人々がちょっと足を伸ばして、気軽な散歩に行ける公園であり、季節ごとに園芸講座や移動動物園、移動遊園地などのイベントがある楽しい広場でもあり、また——日本ではここにしか咲いていないような珍しい花や、明治時代からここにある大きな木たちにふれることができる、花と緑にあふれた場所なのでした。

「ここにくると癒やされるね」

「元気が出るね」

と、街のひとたちはいいます。

「まるで草や木に癒やされてるみたい」

それを園の中で、エプロン姿の草太郎さんはたまに耳に挟み、こそっと笑うのです。

だってそれはそうですからね、と。

ここにある植物たちは、咲き乱れる花たちも、風にそよぐ草も枝を鳴らす木も、みんなお客様たちを歓迎しているのです。

いらっしゃいませ、よくきましたね、と。

人の耳には聞こえない、澄んだ声で、花も緑も上機嫌でささやいているのですから。


そして、夕暮れの放送席で。

草太郎さんは、マイクから顔を背けて、こほこほと咳《せ》き込みました。

実は数日前から軽く風邪を引き込んでいて、それが今日の風吹く屋外での四時間で、急激に悪化してきたようなのでした。悪寒《おかん》とともに熱が上がってきている気配がします。

さっきから自分の声が遠くで聞こえます。

今日は冬の園芸コーナーということで、ポインセチアとシクラメンの鉢《はち》の手入れの仕方を説明したのですが、うまく日本語が話せていたかどうか、あまり自信がありませんでした。桜子さんとのかけあいも、盛大に滑《すべ》ったりもしました。親父ギャグがうまくいかなかったのは――いつものキャラだということで、かえってリスナーの皆さんにはうけたようなので、気にしないことにしました。

桜子さんが、声をかけます。

「花咲さん、お風邪大丈夫ですか？」

放送局が再生している音楽を聴きながら、もうそろそろ番組終了のための、まとめの会話に入るような時間になっていました。

自分よりずっと若く、けれど落ち着いた知性と美しさを感じさせる声を持つアナウンサーである桜子さんを、草太郎さんは尊敬し、信頼していました。ついでにいうと、以前から、ラジオの一リスナーとして、ファンでもありました。

なのでたまに咳き込みつつも、のんびりと受け答えをしていることが出来ました。自分が何をどう返そうと、きっと桜子さんは上手にまとめ、番組をエンディングまで無事に持っていってくれるでしょう。自分は自分の仕事、植物に関することだけ、間違いなく話せればいいんだ、と思いました。

ふふ、と、草太郎さんは笑いました。

「いやちょっと、寄る年波には勝てないといいますか、最近めっきり風邪を引きやすくなりましたねえ。あと、年をとったといえば、徹夜が出来なくなった。若い頃は、人工衛星や流星群の写真を撮るために、一晩中起きているなんてことも出来たし、いい写真を撮るために、天体望遠鏡にカメラにと機材一式持って、バイクや車で長距離を移動するなんてことも出来たんです。……それがもう、最近は全然だめですね」

あれあれ、と思いました。いつにもまして口が軽くなって、勝手にしゃべっています。すうっと脇の下に汗をかきました。大丈夫かなあ、こんなにしゃべって。放送の残り時間を確認しようと思いましたが、焦ってしまった目には、腕時計の文字盤が見えても、時間が読めなくなっていました。放送の台本、キューシートもどこにいったのか、机の上に見当たりません。

桜子さんは楽しげに笑いながら、

「神様のように植物に詳しくて、『緑の魔法使い』なんて二つ名を持つ、花咲草太郎先生でも、風邪引かれちゃうんですね。いつもお元気でらっしゃるから、さすが博士号をお持ちの方は、わたしたち一般人のように風邪引いたりしないものかと」

はははは、と、草太郎さんは笑いました。熱が上がってきたせいか、若干やけになってきたのかもしれません。

「そりゃまあ一応、わたしも人間ですからね。ライノウイルスには学位なんて関係ないですし、わたしが多少知的でダンディな五十代でも、避けて通ってはくれないってことですよ。むしろ好かれちゃったりしてですね。

あ、だから、ラジオを聴いているよい子のみなさんや、元よい子のみなさんも、風邪には気をつけてくださいね。インフルエンザやノロウイルスにも気をつけないとですよ。あ、そうだ。いかや鮭《さけ》のお刺身食べるときはアニサキスに注意してくださいね」

「ほんと注意しなくてはですねえ。これからクリスマス、大晦日《おおみそか》に新年と、素敵なイベントが続きますのに、体調崩しちゃったらもったいないですものね」

「ええ、そうです。ほんとに……健康は、大事にしないと。かんたんな風邪だからと思っていると、こじらせてしまうこともあるので」

音楽がいつの間にか、『ホワイトクリスマス』に変わっていました。ああ、この曲、好きなんだよなあ、と、草太郎さんは思いました。

中学生の頃、冬の時期の忙しい花屋を手伝って、木太郎《もくたろう》さんからお小遣いをもらい、それで AIWA の銀色のラジカセを買いました。

夕暮れ時、買って帰ったばかりのラジカセを勉強机において、スピーカーの前に耳を寄せて、ラジオを聴きました。あれはＮＨＫＦＭだったか、それともＦＭ風早だったのか。夕方のその番組ではクリスマス特番を流していて、ビング・クロスビーの『ホワイトクリスマス』が、ゆったりと流れていたのでした。

あのラジカセはいつまでうちにあったんだったかなあ。ぼんやりと草太郎さんは思いました。あの頃はラジオで音楽を聴いて、それをカセットテープに録音して何度も聴いたものです。そうそう、十代の頃、冨田勲《とみたいさお》の『惑星』をカセットテープに録音してすり切れるまで聴いたのでした。ＹＭＯも良く聴きました。『東風《とんぷう》』とか、かっこよかったなあ……。

学生時代は勉強に忙しく、アルバイトも出来なかったこともあって、古いラジカセでずっと音楽を聴いていました。あの頃登場してきたウォークマン。それを友人たちみんなが買って聴いていても、草太郎さんは、古いラジカセで音楽を聴き続けていたのでした。

ああ、そうか。

ゆっくりと草太郎さんは思い出しました。

十年前の秋、奥さんの優音《ゆの》さんが風邪をこじらせたとき、寝ていると暇だからラジオが聴きたいといいました。それで久しぶりにあのAIWAのラジカセを出してきたのでした。ちょうどよいラジオが家になかったのと、あの古いラジカセは、もうカセットテープは鳴らせなくなっていたけれど、まだまだ良い音でラジオを聴くことは出来たからです。

働き者で元気な奥さんだったのに、明るい昼間に、居間にお布団を敷いて、ラジオの声と音楽に耳を傾けていました。

草太郎さんが植物園に行き、子どもたちが学校や幼稚園に行っている間、具合が悪いときもあったろうに、柱をあやしながらひとりでラジオを聴いていたのでした。

ほんの数日病みついただけで、優音さんは亡くなってしまいました。最後は急に病院に入院して、それからすぐに亡くなってしまったので、居間には軽くたたんだ布団と枕元にラジオが置かれたきりになっていました。だってすぐに帰ってくるから、そうしたらまた布団を敷いて、ラジオのスイッチを入れなくては、と家族みんなが思っていたからです。

優音さんは帰ってきませんでした。お布団に寝ることも出来ました。でも、ラジオのスイッチを入れることはもうありませんでした。

AIWAのラジカセは、そう、いまは仏間の押し入れに入れてあるはずです。四十九日が済んで、部屋を片付けたときたしかそこに入れました。たぶんそのままになっているでしょう。いまも電源を入れれば動くでしょうか。

院生だった頃に、あのAIWAのラジカセを古い車に積んで、流星を見に行ったことがありました。十二月、クリスマスのいくらか前の、双子座流星群の時期でした。まだ結婚前の優音さんと二人でした。

少し年上で、すでに司書さんになっていた優音さんとつきあい始めて、そうたたない頃のことでした。妙音岳《みょうおんだけ》の上の、空の星がいっぱいに輝く場所に彼女を連れて行ったのです。いっぱいの星の下にたつ彼女は、空にはらはらと流れる星に、一生分の願い事をしてもあまっちゃいますね、と笑いました。そして、空ではなく地上を見ました。市街地に光る街の灯りを見て、

『街にも銀河があるみたいですね』

と、いいました。

『とてもきれい。お空の神様や天使は、毎晩あんなに美しいものを空から見ているんですね』

面白いことというひとだなあ、と、草太郎さんは思い、笑いました。

『ぼくは、神様とか天使とかいまいち信じてはいないですけど、まあもしいるとしたら、毎日見てたら、さすがに夜景って飽きると思いますよ』

『またそういう夢のないことを』

優音さんは口をとがらせました。

『空にはきっと神様や天使がいて、いつも地上を見ていてくださるんです。……もしわたしが天使だったら、毎晩ひとの街の灯りを楽しみに見ると思います。それできっと、そうきっと、ひとが空の星に祈るように、地上の街の灯に願い事をするんですよ。だって、遥かに遠い空からは、街の灯は小さな星に見えるんじゃないかなあと思うんです。わたしたちが、遠い星に祈りを捧げたくなるように、空の住人たちもきっと、ひとが家に灯す灯りを見守り、話しかけるんじゃないかなあって』

ふわふわのセーターにマフラーを巻いて、白い息を吐いて、童話のようなことを語る司書さんを――優音さんを、草太郎さんは天使みたいなひとだなあと思いました。

そう、あの夜も、ラジオから『ホワイトクリスマス』が流れていたのでした。流星を見て凍えたからだをあたためるために、車に戻り、座席で魔法瓶のココアを飲みながら、つけたラジオ。ちょうどかかったのが、『ホワイトクリスマス』でした。ふたりで耳を傾け、静かに歌を聴きました。

実際、優音さんというひとは、話していると不思議なくらいに心がきれいで、ほっとする女性だったのでした。喜怒哀楽ははっきりしていて、怒ることも声を張り上げることもありますが、いつもそれは誰かのため。他者のために泣き、他者のために怒り、そして他者のために喜ぶ。自分のことはいつも後回しにする小柄な司書さんが、いつからか気になっていって、そのうち好きになっていって、やがてお茶に誘うようになり、そして、ほんの短い間だけつきあって、すぐに結婚を決めたのでした。申し込み、受け入れてくれたとき、どれほどほっとしたことでしょう。

そうしたのは、早くに両親と別れた、天涯孤独の優音さんを、早くひとりから解放したかったから。絵に描いたような善人である優音さんを、自分の手で世の中のいろんなものたちから守ってあげたかったから。と、そのときは思っていましたが、ほんとうのことをいうと、この天使のような司書さんを、他の誰かにさらわれたくなかったからだと、草太郎さんは自分でわかっていました。

優音さんには新婚時代、実はね、と、そんな話もしました。でも、優音さんは、なぜか困ったような顔をしてうつむいて、

『わたしは天使なんかじゃないのに』

といいました。

『嫉妬《しっと》だってするし。怒ったりしますよ？』

『え、どんなときに？』

『それはですね、草太郎さんが、すごいきれいな女のひとと話してるときとか』

なんて言葉を聞いて、草太郎さんはやっぱり優音さんというひとは、天使なんじゃない

かと思ったのでした。自分のような人間に、ここまで惚れ込んでくれるひとは、もう永遠に現れないだろうと思いました。

だからほんとうに、優音さんを守り抜こうと、ずっと一緒にいようと思ったのでした。かわいらしい嫉妬ぐらいしか悩み事がないような、そんな毎日を送っていてほしいと。

でも、草太郎さんは、優音さんを守り抜くことが出来なかったのでした。風邪をひかせてこじらせさせて、たったそれくらいのことで、天使だった妻を失ってしまったのでした。自分がそばにいながら。理系の学問をきちんと修め、たくさんの知識を持っていたはずの自分がそばについていながら。

あれから何度も、草太郎さんは空を見上げました。あの青い空のどこかに、優音さんは天使になって隠れているのではないかと思いました。そしていつか、帰ってきてはくれないものかと何度も思いました。

神様や天使はいるものなのか、そもそも魂とは存在するものなのか。

草太郎さんにはわかりません。昔から考え続けて、そしていまもわかりません。

父である木太郎さんは、まるで疑いもしないような感じで、「そんなものいるし、あるに決まっているじゃないか」といつだって即答します。

木太郎さんというひとは、草花と交流する能力を、どこか魔法使いじみて持っているひとでした。木太郎さんを見ていると、草太郎さんは、世界にはやはり何か魔法とか奇跡とか、そういう人智《じんち》を超えた世界や存在があるのかも知れないな、と思わなくもありません。けれど実は、草太郎さん自身には、父親ほどの奇跡の能力はありませんでした。草木の言葉は聞こえはしますが、いつもではなく波がある、安定していない能力でした。また父親が持つ力のように、植物たちに語りかけ、不思議な力で動かすことも出来ません。

草太郎さんが、植物を研究する道に進み、博士にまでなったのは、自分たち一族が持つ力についてひそかに研究したかったから、ということもあるのですが、自分が花咲家の長男として生まれながら、その能力をちゃんと受け継いでこなかった、そのコンプレックスからという理由も大きかったのでした。草太郎さんは魔法の力を持たない代わりに、知力を手に入れようとしたのです。

そして得た力で、草太郎さんは世界と向かい合い、自分とは何か、生きるとは何か、ずっと考えてきました。

いくつかの命を見送り、そして、妻と死に別れた後に、さらに踏み込んで思いました。魂とは何なのか。ひとの心は死んだらどうなってしまうのか。死んだらひとはどこにいくのか。——もう帰っては来ないのか。

考えて、考えて。

草太郎さんは、もう五十を過ぎましたが、いまだに答えはわかりません。妻を見送ってから十年たっても、答えは出せません。

ただ、思うのです。

もしひとの生死というものが不可逆性のもので、ひとは一度死んだらもう蘇《よみがえ》らないとしても、命というものは素敵にドラマチックな存在で、大切にしなくてはいけないものなのだろう、と。

自分は十年前に妻を見送り、子どもたちは母を見送ったけれど、同じようにこの地上では、いままでたくさんのひとが死に、たくさんのものがその死を見送ってきた。いわば果てしない悲しみの連鎖が地上で続いてきたということになる。けれど、見送り見送られることの繰り返しは、そんなに悲しいことではないのかも知れないな、と、草太郎さんは思うのです。

植物たちが、冬に枯れ、春にまた芽吹き、花を咲かせるように、たくさんの命は地上で涙とともに枯れ、また新しい命がこの星で涙とともに生まれる。地上で花咲き、実をつけて行く。

その繰り返しの果てしない波の中に、自分や優音さんもいた。そう、生きるとはそれだけのことで、それはあたたかい、美しいことのような気がしたのでした。

もし、魂があるのなら。魂がゆく場所が空の彼方《かなた》にあるとしたら、自分の魂はいつか、優音さんに会えるのだろうか、と、草太郎さんは思います。そしていつか、宇宙を巡るあたたかい波の中にともに溶け込んで、地上を駆ける風になれたらな、と思うのです。

『ホワイトクリスマス』が流れていました。

気がつくと、草太郎さんはマイクに向かって、話していました。勝手に口が動いていました。

「あの……この地上にいる、誰もがみな、永遠に生きていけるわけではありません。いまわたしの声を聴いてくださっているみなさんは――わたしも含めてですが、百年後には確実にここには誰もいません。いまわたしの声や言葉は、この街の空に流れ、誰かのところへ届いていますが、声も言葉も生まれた次の瞬間には、水に絵の具が溶けるように、大気に溶けて消えていきます。

けれど、百年後のこの場所には、わたしたちではない誰かがきっといて、クリスマスの街を楽しんでいるでしょう。そのひとたちはわたしたちのことを何も知らないかも知れない。ここで百年前クリスマスイブの夜を楽しんでいた、同じ街の人々がいたなんて、想像もしてくれないかも知れない。――でも、そのひとたちがわたしたちと同じ冬の花を見て微笑み、わたしたちと同じクリスマスツリーをきれいだとみあげて笑ってくれるのなら、それでもう幸せなような気がするのです。そこに生きていて幸せな命があるのなら、地上は未来も良い場所のような気がする。

　ええと……」

　草太郎さんは、こほんと咳《せき》払いをしました。にっこりと微笑んでいいました。

「わたし、花咲草太郎は、『緑の魔法使い』です。なんといっても魔法使いなんですから、花や木の言葉がわかります。その気持ちもわかってしまうのです。

　花や木は、みんな命が好きです。無邪気に、まるで子犬や子猫がひとに懐《なつ》くように、地上のすべての生き物の命を好きだと思い、そばにいることを楽しみ、そして、お母さんのような優しい気持ちで、すべての生命を見守っている。そうして自分たちは枯れても倒れても、けっして命を恨むことはない。何度も地上に芽吹き、生まれてきては、地上の生命たちを見守り、愛し続けます。

　なんで緑たちがそういうふうなのか、それは魔法使いであるわたしにもわかりません。

　ただ、百年後のクリスマスも、この植物園の植物たちはきっと、ここにいる誰かの幸せを祈り、聞こえない声でクリスマスおめでとう、と、ささやいているのだと思います。

　風早植物園から、この街の皆様に数時間ほど早いですが、メリークリスマスを。ここにいる草花や、木々の代わりに、わたし花咲草太郎が、精霊たちの声を届けたいと思います」

植物園にそびえる、大きなおじいさんのようなもみの木が、体中に得意げに電飾をきらめかせながら、低い声でささやいています。

『メリークリスマス。今年もまた、この場所でたくさんのものたちの幸福を祈ろう』

足下の花壇で、雪のような葉の白妙菊《しろたえぎく》や、かわいらしいノースポールや、ビオラにパンジーたちが、うたうようにささやいています。

『メリーメリー、メリークリスマス』

薔薇園の薔薇たちは、オペラ歌手のようにつやのある声で、

『良いクリスマスを』

と、それぞれにささやき、少し離れた場所にあるガラスの温室の中でも、南国の蘭《らん》や椰《や》子《し》の木たちが、はしゃぐような声で、お客さんたちに、ささやきかけています。

誰にも聞こえないその声を、草太郎さんは、ヘッドセットをかけていない片方の耳で聞き、小さな声でささやきました。

「みんなありがとう。メリークリスマス」

同じ頃、千草苑《せんそうえん》では、長女の茉莉亜《まりあ》が、カフェの仕事をしながら、祖父の木太郎さんを手伝って、花束やらアレンジメントフラワーやらを、いくつも作っているところでした。

「あ、『ホワイトクリスマス』。この曲、やっぱりいいわよね」

壁のスピーカーから流れた古いクリスマスソングに、茉莉亜はふとふりかえり、そして、作りかけの赤い薔薇とかすみ草の花束に、赤と金色のリボンをかけました。

クリスマスの時期には、プレゼント用の花束や花かごをたくさん作ります。お客様のご依頼に応えて作るときもありますが、小洒落《こじゃれ》た花かごを先に作っておいて、それをお客様が選んで買っていくこともありました。

毎年この時期には、お花屋さんは大変なことになるので、バイトさんも雇《やと》います。学生さんたちがたくさん出入りしていて、賑やかでした。店内にあるカフェのお客様たちは、そんな活気を楽しんでいるのか、興味深げな顔をして、花屋の仕事を見守っていました。元が古く大きな花屋の店内にあるカフェなのですから、そもそも花や緑が好きなひとたちだ、ということもあるのかもしれません。

大きな椰子の木が揺れる大鉢の陰の席や、きれいな薔薇の花束でいっぱいのガラスの冷蔵庫のそばの席。真っ赤なポインセチアや、少し気が早いプリムラの鉢たちのそばの席で、くつろいでいるお客様たちは、みんな楽しそうでした。

楽しそう、といえば、店内のたくさんの花たちもみな、それぞれに浮き立つような表情で咲き、葉を広げているのでした。お客様たちには見えない、聞こえないような「笑顔」であり、「声」ではありましたが。大概、きれいだなあ、と、ひとが植物を見て思うときは、草木も喜んでそこにいるものなのです。特に色とりどりの電球をきらめかせ、白い綿の雪やきらめくモールにオーナメントを飾った小さなコニファーたちは、自分たちこそ主役だというように、みんな誇らしげにそこに立っていました。

表で、きーっとブレーキを鳴らして、りら子と友達の野乃実《ののみ》が、それぞれの自転車を降りて、店内に駆け込んできました。ふたりとも千草苑でアルバイトでした。りら子は最新式の電子書籍のリーダー、野乃実はほしかった、高い洋書を買うためにはりきっているのでした。

「お姉ちゃん、次の配達は？」

「ありがと。ちょっと休んでいていいわよ。あったかい、スパイス入りのミルクティーがちょうど入るところだから」

店の奥の厨房で、バイトの学生さんたちにと、大きな鍋でミルクティーを作っていたところでした。

白い湯気が上がるのを、茶こしでこして、マグやカップについでいきます。マシュマロを飾ると、雪のようにふわりと溶けました。

「さあ、どうぞ」

お盆にのせて、手作りのクッキーと一緒に持って行きました。作業机に使っている大きなテーブルで、待機していた学生さんたちが歓声を上げます。クッキーはクリスマスの、生姜《しょうが》風味のクッキー。ツリーやリース、ジンジャーマンの型で抜いたものを焦げ茶色に焼いて、銀色のアラザンを散らしています。

クッキーはお客様たちにも、よかったらどうぞ、と持って行きました。みんなに大好評で、あっというまになくなりました。

大きなテーブルに戻ってきたら、りら子がちょうどつまんでいるところで、「美味しい」と、褒められました。

「生姜味のクッキー、母さんがクリスマスに作ったことがあったよね。こんな風に、ジンジャーマンやツリーにアラザン散らして」

「覚えてた？」

「うん」

りら子は少しだけほほを染め、コートの長い袖で顔をこするようにしました。

「……小さい頃は生姜の味ってどこが美味しいかわからなかったから、母さんに美味しくないって文句いったの覚えてる。母さんなんて答えたのか、それは覚えてないんだなあ」

「しょうがないよう」

と、そばにいた野乃実が優しくいいました。

「子どもにはこの味ってわからないもん。生姜とか葱《ねぎ》とか美味しいって思えるようになるのは、やっぱり年取ってからだよね」

「それ、だじゃれ?」

「?」

「『生姜だけにしょうがない』なあんて」

あはは、と、野乃実は笑いました。

「りらちゃんたら親父ギャグ」

茉莉亜がすました顔で、「ほんとね」と、いいました。

「りら子ったら、ほんと父さんに似てるわよねえ」

「やめてよ」と、りら子は姉をねめつけながら、またクッキーに手を伸ばしました。ぱりぱりとリスのようにかじりながら、

「あんな親父に似るだなんて、遺伝子の呪いみたいなものだって」

　そのとき、夜道を自転車で走りながら、草太郎お父さんは、くしゃみをしました。

「ああ、風邪がやっぱりよくないなあ。いや、誰かいい噂《うわさ》をしたのかも知れないな。草太郎さんはやっぱりハンサムよね、みたいな」

　にっこりと笑い、植物園がある小高い丘から、市街地までの暗い道を車輪の音を気持ちよく鳴らしながら、走って行ったのでした。

　空からちらほらと白いものが舞ってきました。あ、と、お父さんは声を上げました。天気予報はさっき、タブレットで調べたばかり、あたったなあと思いました。

「今夜は雪だ。粉雪がしっかり積もるだろう。こりゃホワイトクリスマスになるなあ」

　市街地の美しい夜景が目の前に広がっていました。そこにダイブするような気持ちで自転車に身を任せながら、草太郎さんはふと、思いました。このまま力を抜いて自転車が走るのに任せていたら、優音さんがいる天国に飛んでいけるのじゃないだろうか、と。

　光の海を見つめて、思いました。

　でも次の瞬間には、草太郎さんは我に返り、しっかりとハンドルを握りなおし、速度を落として、カーブを曲がったのでした。

　その表情は微笑んでいました。幸せそうなその笑顔はきっと、クリスマスにふさわしい、幸せなお父さんの笑顔のように見えたでしょう。でも、心の中では、草太郎さんは静かに、いいえ、声をあげて泣いていたのです。

大事な人を亡くした痛みは、消えてしまうものではありません。ただ少しずつその痛みから目をそらすのがうまくなるだけのこと。日々の暮らしの中で、他のいろんなものたちを愛するために、心の力を使うから、痛みを振り返る時間が削れていくだけのこと。ふとしたはずみに、傷の痛みを思い出して振り返れば、何年たってもその痛みはちゃんとそこにあり、傷はふさがらないまま、鮮やかに血を流し続けているものなのです。

草太郎さんは思います。生きていくということは傷が増えていくということなのかも知れないな、と。決して治らない傷をいくつも抱えたままゴールまで走る、それが人生というものなのかも知れないな、と。

「だけど、それでも……」

草太郎さんは微笑み、つぶやきます。

すべての出会いがいつかは別れに通じるとわかっていても。すべての生命にいつか終わりがあると知っていても。

でも自分は誰かと出会い、愛するだろう。

地上にいる、他の命たちと語らい、瞬間でもその場所で思いをともにし、そして手を振って別れていくだろう。

それでも、この広い宇宙の、永遠に近い時間の中で、互いの人生が出会ったという事実は消えないし、心の中の思い出だけは、誰にも奪い取ることは出来ないのです。草太郎さん自身がいつか肉体の死を迎え、魂がどこかに消えていくその日まで。

「命は思い出になる」

今日、草太郎さんや桜子さんがマイクに乗せた声は、人の耳を通り過ぎ、街の雑踏の中を通り過ぎて消えて行きました。けれど、聴いた人々の記憶には残っています。少しでもわずかでも、きっと耳の底に残っているのです。今年のクリスマスの思い出と一緒に。

「みんなで一緒に、生きているんだよなあ」

同じ時代に、この地球という星の上で。

それぞれの心の中に、たくさんの他の誰かの思い出を抱きながら。それぞれの魂の時が終わる、その日まで。いつかさよならと手を振るそのときまで。

居間のこたつで、本を読みながら子猫と遊んでいた桂《けい》は、ふと顔を上げました。

「あ、雪……」

中庭の木々に、はらはらと、白い妖精のような雪が舞い降りてきています。

暗い庭には、クリスマスの飾りがいくつか置いてあり、ちかちかと光を放っていました。

おじいちゃんの木太郎さんが、家族のためにと毎年庭を飾ってくれるのです。

その庭で、今年はひときわ美しく光に照らされている部分がありました。

ロックガーデン。

十年前に、亡くなったお母さんの優音さんが最後に造りかけていたという、小さな庭が十年めの今年、見事に完成していました。

根から増え、こぼれ種からも増えた白いクリスマスローズが天使の羽根のように、花を咲かせています。選び抜かれた美しい砂利と石が敷かれた細い道は、まるで童話のお姫様が歩いてきそうなかわいらしい道。石の周囲や砂利の中には、色とりどりの山野草や、緑の草たちが、すました感じで並んでいます。ところどころにはコニファーが小さなクリスマスツリーのように誇らしげに並んで立ち、その枝に電飾を光らせ、その足下にはいろんな色やかたちの蔦《つた》たちが、美しい絵のように、緑色のリボンを広げているのでした。

生前のお母さんが残していたスケッチを参考に、木太郎さんが世話を続け、維持してきた庭でした。クリスマスの時期にいちばん美しく見えるようにと造られていた庭は、十年めの今年、特に見事にできあがったのでした。

桂は子猫を抱き上げ、ガラス戸を開けて外を見ました。雪が降る空を見上げて、

「お母さん、見てる？」

ときいました。

「お空の上から、この庭は見えますか？」

部屋に冷たい風と、雪のかけらが吹き込みました。桂は身を震わせ、ガラス戸を閉めて、部屋に戻りました。こたつに入り直そうとして、ふと思いついたことがありました。

「あのラジカセ、持ってこようかな」

今夜はお店が忙しく、晩ご飯は遅くなりそうです。桂はまだ戦力にならない、とかで、おとなしくここにいてくれといわれているので、こたつで本を読んでいましたが、さすがにひとりでいるのも飽きてきました。

そんなとき、いつもならラジオを聴くのですが、いつもこの部屋で聴いている小さなラジオが、どこにいったのか見当たりません。

そういえば、仏間の押し入れにラジカセがあったような、と、桂は思い出していました。

白い子猫があとからついてきます。桂はしんとした家の中を、ひとりで歩き、ひときわ静かな仏間へとやってきました。

うっすらと灯りを灯している仏壇に手を合わせ、そしてそのそばにある押し入れのふすまを、そっと開けました。

「あった」

しゃがみこみます。下の段の一番前に、束ねたコードと一緒に置いてありました。

「動くかなあ」

この機械が鳴るところを、桂は見たことがありません。ただ、ずっと前にたまたま押し入れに古いラジカセがあるのを見かけて、一度電源を入れてみたいな、と思っていたのです。

そっと引っ張り出しました。

「重たい……」

昔に作られた日本製の機械は、いまの桂にはずっしりと重たく思えました。AIWAというメーカーの名前が誇らしげに金属製のプレートで光っています。

半分引っ張るようにして、居間に戻りました。薄く積もった埃を払い、コードを接続してコンセントにつなぎました。

「動くかな？　ねえ、小雪《こゆき》、どう思う？」

白い子猫に聞きましたが、猫は首をかしげるだけでした。

古い機械に電源を入れるのは、眠っている大きな動物に声をかけて起こすのと似ているなあ、と桂は思います。ねえ生きてる、眠っているの、と、声をかけるような、そんなどきどきとした気持ちになります。

ラジカセをこたつの天板の上にのせ、桂はその前に座り込みました。

「よし、電源を入れるよ」

がっしりとしたボタンを押しました。

ラジカセのあちらこちらに、まるでクリスマスの灯りのように、光が灯りました。チューニングがずれているのか、雑音がします。

「ええと、どうしたらいいのかな」

桂はスピーカーのそばに耳を寄せながら、くるくるとつまみを回し、ボタンを探り、そして、FM風早にダイヤルを合わせました。

すうっと雑音が消えて、透き通るような音で、クリスマスソングが流れてきました。今夜のこの時間はクリスマス特番の続きで、ずっとクリスマスの歌が流れるようです。

「あ、もうちょっと早くこのラジカセのことを思い出していたら、父さんの番組が聴けたんだなあ」

自分の手で頭をぺちっと叩きました。

それから子猫を抱いて、一緒に、ラジオを聴きました。桂も知っているような、古い外国のクリスマスソングがあり、少し前の日本のヒット曲も流れ、そして今年新しく生まれた、クリスマスの歌も紹介されました。どの曲もみんな華やかだったり懐かしかったりして、桂はこたつ布団に肩まで入って、うとうとと眠くなりながら、幸せな気分で耳を傾けていました。

いい感じでおなかがすいてきました。

もうじきお父さんが帰ってきて、お花屋さんとカフェのお仕事が終わったら、みんなでクリスマスのごちそうを食べるのです。

うとうとしながら、桂は天板に頭を乗せ、眠ってしまった子猫を抱いて、雪降る中庭を見ていました。天使の羽根が散るように、庭には白く雪が舞っていました。

花咲家のおじいちゃん、木太郎さんは、短い旅に出た唄子《うたこ》さんを駅に見送って、いま家に帰ってきたところでした。仕事の合間にちょっとだけ抜け出して、送ってきたのです。

唄子さんは、検査の結果、恐れていた病気の再発は気のせいだったとかで、すっかり元気になっていたところに、遠くの山里にいる、ひとり暮らしの友人から呼ばれて、訪ねていったのです。このまま年末近くまで、温泉巡りなどしつつそちらに滞在し、お土産をたくさん買って帰ってくるそうです。クリスマスは家を空けるけれど、大晦日にはみんなで鍋でもしましょうね、と、花咲家の人々との間で約束が出来ていました。

「唄子が日本に帰ってきてから、にぎやかになったもんだ」

などとつぶやきつつ、木太郎さんは冬の薔薇を茂らせた玄関のアーチをくぐりました。

そこからお店に向けて、クリスマスの電飾をいっぱいに飾ってあります。千草苑とカフェ千草《ちぐさ》がある、古い建物の扉に向かって、光の道も作っています。道沿いには、豆電球を灯した、天使の人形や、サンタやそりに、トナカイの飾りがきらきらと光っています。

もちろん、玄関先から店の周囲、中庭に向かって、美しかったりかわいらしかったりする冬の花々が咲き乱れているのはいうまでもありません。木太郎さんが丹精込めて造った庭、花たちがその思いに応えて咲いた庭です。丸くかわいらしい葉牡丹《はぼたん》に、お姫さまの髪かざりのようなスイートアリッサム。背に蝶の羽をもつ小さな妖精たちが集まりおしゃべりをしている姿のようなガーデンシクラメンたち。そして冬咲きの薔薇。さまざまなオールドローズたちが雪の中、咲いていました。華やかなモダンローズたちも。白のメサージュ。薄むらさきのブルームーン。黄色いピース。剣弁高芯《けんべんこうしん》の薔薇たちは、美しいドレスを身にまとう、凜《りん》としたレディたちのようです。クリスマスのこの時期、花たちも華やかに、晴れやかな舞台に立つことを喜ぶ役者のように、枝を伸ばし花びらを広げて、十二月の夜風の中で、生き生きと咲きほこり、揺れているのでした。

と、空から白いものが舞い降りてきました。

「おお、雪か」

働き者の、しわだらけのてのひらに、きれいなかけらを受けて、木太郎さんは微笑みました。

雪ははらはらとはらはらと、舞い降りてきます。まるで空にいる誰かが、小さな手紙を書いて、地上に降らせているように。

夜空を見上げて、木太郎さんは思いました。

今宵、日本にも世界にも、幸せな子どもがたくさんいるといいなあ、と。自分たちが子どもの頃そうだったように、泣いている子ども、おなかをすかせている子どもたちが、ひとりでも少ないといいなあ、と。

来たるべき来年、みんなが良い年であればいいなあ、と。

庭の灯りに照らされた雪を見ながら、白い息を吐いて、木太郎さんは思います。

千草苑はあの戦争のあとすぐに復活しましたが、花さえ手に入れてくれれば、商売に困ることはありませんでした。花たちは、飛ぶように売れていきました。お金に困るような人々でも、みんな一輪でも二輪でも、千草苑で花を買って帰りました。

なぜって、戦争で亡くなったひとたちに手向けるための花が必要だったからです。

死んだひとに供えるための花、それを用意するために、街の人たちは食べ物を買うためのお金で、花を買ったのでした。寒い時期、あたたかい服を買うのを我慢して、花を買い求めたのでした。

廃墟《はいきょ》の街に、たくさんの花が飾られました。焼け跡にたつ掘っ立て小屋にも、花はありました。そうして花たちは、亡くなった命を悼み、生き残った家族たちを励まし、慰めていました。ひとの耳には聞こえない、小さな、ささやくような声で。

あの頃、街には、花たちの悲しい、優しいささやきの声がさざなみのように、静かに響いていたのです。

木太郎さんはうつむき、そして、ふうっとため息をつきました。少し微笑んで、顔を上げました。夜風に耳を澄ませながら。

いまはもう、悲しい声は聞こえません。

今宵、風に乗って聞こえるのはただ、ひとと一緒にクリスマスを祝う、楽しげな歌声ばかり。花たちもひとともに、聖夜を祝い、来たるべき新年を楽しみに笑っています。

まあ花たちが、クリスマスというものを、どう思っているのか、そもそも植物に信仰などというものがあるのかどうかは、ちょっと木太郎さんにはわかりません。とりあえず、人間たちが、楽しそうに笑い、歌を歌って、みんなで美味しいご飯を食べている夜だというので、そりゃ楽しいねえ、と、一緒にはしゃいでいるだけなのかもしれません。

「でもまあ」

と、木太郎さんは笑います。

「みんなが幸せだというのは、いいことだ」

戦争が終わった年の冬、その年のクリスマスには、このあたりではまだまだやっと電球が灯ったくらいでした。闇が黒い海のように街を飲み込んでいた、あの年のクリスマス。あれから長い年月が過ぎて、自分は老いましたが、でも、振り返ると光あふれるこの商店街。見事に復活したこの光の波を見れば、木太郎さんは口元に微笑みが浮かぶのです。

街から流れてくる、有線のクリスマスソングと一緒に、かすかに聞こえる花や木たちの笑い声、街路樹に灯る青色の発光ダイオードの灯りの、地上の星のようなきらめきをみると、幸せな気持ちになるのです。

「いいクリスマスだ。今年はほんとうに、いいクリスマスだなあ」

木太郎さんはつぶやきました。花たちをなでながら、いいました。

「みんなが笑っている。こんな夜が、ずうっと続くといいなあ。世界中の、どんな街でも、誰も泣かない夜が続くといいなあ」

舞う雪の中で、木太郎さんは、街の灯りに背を向け、店の方に歩いて行こうとして――

ふと、足を止めました。

ゆっくりと、中庭の方を振り返ります。

そして、誰かに向かっていいました。

「ああ、お帰り」

微笑みました。

そして、独り言をつぶやきながら、店の裏手、倉庫の方へと、足を進めたのでした。ぼちぼち正月の準備も始めないとな、と思ったのです。少なくとも準備の準備くらいは、今夜のうちに始めなくてはいけません。

「十年め、か。そうだよなあ。それだけの年月が花たちにも必要だったんだよなあ……」

花屋さん、千草苑が閉店時間になり、カフェ千草も閉店になりました。バイトさんたちを帰して、茉莉亜はひとりで店内の後片付けをしていました。ゴミをまとめ、掃除をし、カフェのシンクを洗います。いつもでしたら祖父の木太郎さんと二人でする仕事ですが、祖父はさっき用事で外出したので、今夜は一人きりでした。でももう手慣れた毎日のことなので、さっさとすませてしまいます。

ラジオは今夜はずっとクリスマスソングの特集のようで、低く鳴らしていると、いい気分になりました。今日はこのあと、お父さんの草太郎さんが帰ってきたら、用意しておいたごちそうを家族でいただくのです。

片付けながら、クリスマスソングをついラジオにあわせて口ずさみます。目のはしに、窓辺に飾ったかわいらしい包みと絵が見えます。丸っこい包みの中味はシュトーレン。絵と一緒に、夕方、漫画家の有城《うしろ》先生が持ってきてくれたものでした。

その頃はちょうど店が混んでいたので、気を使ってくれたのか、すぐに帰ってしまったのですが、シュトーレンは手作りだといっていました。

「こういうの作るの好きなんです」

有城先生は照れたように笑っていいました。

「以前ケーキ屋さんでバイトしてたことがあって、そのときに作り方を覚えました。……その、ええと、こういうの夢があっていいですよね。久しぶりに作ろうかと思ったとき、茉莉亜さんも好きじゃないかなと思って、つい。あまり上手に焼けなかったん……ですけど……」

声が自信なげに少しずつ小さくなってゆきました。かわいらしい包装紙に赤と金のリボンをかけた丸い包み。その包みを胸元に抱く手の指のあちこちにばんそうこうがはってありました。オーブンで焼いちゃったのかしらと茉莉亜は思いました。それか、ドライフルーツを刻んでいて、包丁で切っちゃったとか。

笑顔でうけとって開いた包みの中からでてきたのは、雪のように白い砂糖の衣がかかった、見事なシュトーレンでした。どこか魔法じみたスパイスとラム酒の香りがふわりとたちのぼりました。

「まあ素敵。とても美味しそう。ありがとうございます。わたし、クリスマスのお菓子、大好きなんです」

軽く包み直して茉莉亜が胸元に抱くと、有城先生はそれはそれは嬉しそうににっこりと笑いました。よかった、とつぶやいて。

センスの良い、アルミのフレームに入ったイラストは、美しい人魚の絵でした。仕事道具のパソコンで描いたのだそうです。

「それは、まあ、クリスマスカードのかわりに……」

人魚はたくさんの花にとりまかれて、こちらを見ていました。なぜか泣いていました。さみしそうで悲しそうで、けれどじっと見ていると、幸せで泣いているようにも見える、そんな絵なのでした。背景は青。深く透きとおった青は、空の青にも、どこか遠い北の国の海の青にも見えました。矢車菊《やぐるまぎく》のような青でした。

茉莉亜が絵に見入っていると、有城先生は、どこか急ぐようなようすで、それじゃあ、と店を立ち去ろうとしました。顔が耳まで真っ赤になっていました。でも店を出るとき、そのとき店にいた白い子猫をなでるのは忘れませんでした。ふりかえって、

「良いクリスマスを」

と、一言笑顔でいうことも。

ベルがついた扉を開けて、そのひとが冬の街へと帰ってゆくとき、茉莉亜の目にはふとそのひとの足元にまつわりつく、白い猫の姿が見えたような気がしました。一瞬うちの猫かしらと思いましたが、子猫はかごで寝ています。有城先生の足元の猫は茉莉亜の視線に気づいたのか、ちらりとふり返り、そのままあたり前のような顔をして、先生についてゆきました。

窓辺に置いた包みと絵。友人の多い茉莉亜は今年もたくさんのクリスマスプレゼントをもらいました。そのどれもが嬉しかったのですけれど、有城先生からもらったその二つは、そのどれよりもあたたかくきらきらしているように思えました。

「とりあえずわたし、こんなに美味しそうなシュトーレン見たことないし、作れないと思うわ」

シュトーレンといえば、亡き母の優音さんが、いつか作り方を教えてあげるわ、といっていたのを思いだしました。笑顔でそういった母に、

「めんどくさそうだから、やだ」

と、答えた十代の自分に文句をいってやりたいような気がしました。いまは料理上手で通っている彼女ですが、それもこれも母の死後にがんばって覚えたものでした。生前は家事はすべてしてもらうばかり。勉強とクラブ活動、アルバイトで一日が終わる女子高生でした。

「ありがとうなんていったことなかったわ」

すべてあたりまえだと思っていました。どんなにおそい時間に帰ってきても、笑顔でお帰りなさいと迎えてもらえるのも。熱いお風呂が用意してあって、洗濯したてのきれいにたたまれた服やタオルやシーツがあるのも。家の中がいつも明るくきれいなのも。そして、美味しいごはんやお菓子、熱いお茶やコーヒーをきれいなうつわでだしてもらえることも。いつも、ただ、わがままなお姫さまのように、自分はあのひとからたくさんの愛をうけとってきたのだな、と思いました。

十代の秋にすべてを失ってから――いままであたりまえにうけとっていたすべてのものが、もう帰ってこないと知ってから、茉莉亜はひとつずつ、この家が失ったものをとり戻そうとしました。

優しい笑顔。お帰りなさいと迎えてくれる言葉。居心地のよい家の中。洗いたての洗濯物。そして美味しいごはんとお菓子と、とっておきのお茶にコーヒー。

何もしてこなかったから、ひとつずつ覚えました。努力して失敗もして、自分はやっぱりだめな人間だと何度も絶望して――そして十年。あっというまのような、長かったような日々でした。

茉莉亜はひとり静かな店の中でうつむきます。少しは母のようになれたでしょうか。少しは、失われたものをとりかえすことができたでしょうか。

少しは――誰かに愛をさしだすことができるひとになれたでしょうか。

茉莉亜は顔をあげ、人魚の絵を見ました。たくさんの花にとりまかれた人魚も茉莉亜を見つめたような気がしました。どこか自分に似ているような表情が、ふと、微笑んだように思えたのは、錯覚だったでしょうか。

薄暗がりに置かれた絵に、はらはらと花びらが降りそそぎました。

はっとして顔をあげると、雪でした。

窓の外に、雪が降っていたのです。

「りら子、大丈夫かしら？」

最後の花束の配達を、りら子に頼んだのでした。じきに雪が降るみたいだから、早く帰るようにしてね、と、いったのですが。

雪はどんどん降りしきってきています。茉莉亜は心配になり、「もう」と、肩をすくめました。片付けの最後の仕上げに、カフェのシンクをごしごしと磨きました。

と、明かりを落とした花屋さんの方に、誰かの気配を感じたので、振り返らずに、

「お帰りなさい」

と、いいました。

水音で聞こえなかっただけで、りら子が帰ったのだろうと思いました。

「雪に濡れなかった？　父さんそろそろ帰るだろうから、晩ご飯の準備をしておいてくれない？　キャセロールの中に……」

ふと茉莉亜は振り返り、そして、そのままの姿勢で、三度瞬《まばた》きをしました。

そこに、南国の椰子の木や、蘭の花、ポインセチアやシクラメンが並ぶ中に、昔別れたはずの人が立っていたからです。

小さなクリスマスツリーがちかちかとキャンディみたいな色の灯りを灯す、その中に、まるで当たり前のことのようにそこにいて、微笑んでいたのでした。

『ただいま』

と、そのひとはいたずらっぽく笑いました。

茉莉亜が覚えているとおりに、ほっそりした体に、丈の長い手作りのワンピースを着て、

洒落たレースのエプロンをかけて、そこにいました。

記憶の中のそのひとと違うのは、十代の頃は背丈は茉莉亜の方が低かったのに、その後身長が伸びたので、いまでは軽く見下ろすようになっている、ということでした。

「えっと」

と、茉莉亜はいいました。

何かいいたい、いわなくては、と思いながらも、言葉が思いつかずに、ただ自分が変な顔になって笑っているのを感じていました。

「お母さん、お母さん、あのね……」

やっと、茉莉亜はいいました。

「わたし、お料理上手になったのよ。好き嫌いもなくなったし、無駄遣いもしなくなったの。日記も毎日つけてるの。……ええとあと、部屋を片付けるのも上手になったのよ」

何の前触れもなく、涙がほほを伝いました。茉莉亜は洗剤の泡まみれの手の甲で、慌てて涙をぬぐいました。目を開けたままそうしたのは、目を閉じたらその間に、そのひとが見えなくなってしまいそうだったからでした。

「……あとね、わたしね、わがままもいわなくなったの。誰かにわけもなく怒ったりもしなくなったし……いつもにこにこしていて、母さんほどじゃあなくても、ちょっとは優しい子になれたかな、なんて。

わたし、母さんが生きていた頃は、わがままいってばかりで、すぐにふくれる悪い子だったけど……いまはね、ちょっとはいい子になれたかな、って」

笑っているのに、涙がぽろぽろと流れました。変な風にゆがむ口元に、塩辛い涙が流れ込んできて、何度も手で涙をぬぐいました。

花に包まれ、薄闇の中で、そのひとは笑いました。記憶の中にあるのよりもかわいらしい、若い娘のような表情で。

『茉莉亜ちゃんは、いつだっていい子だったわ。優しくて家族思いの、いい子だった』

茉莉亜を見上げるようにして、いったのです。首をかしげて、ごめんね、と笑いました。

『早くに死んじゃってごめんね。茉莉亜ちゃんがいい子だって、ここにみんなと一緒にいるうちに、きちんといってあげることができなくて、ごめんね』

「ううん、わたしこそ、わたし……」

茉莉亜は深く息をつき、そしていいました。

いいたかった言葉を。

「お母さん、お帰りなさい。そして……そしてね、ありがとう。ありがとう」

そのひとは照れたような表情で、でもやわらかく、嬉しそうに笑いました。

そして、いいました。大切なことを永遠に誓うような口調で。

『茉莉亜ちゃん、ありがとう。わたしの娘でいてくれてほんとうにありがとう。わたしにはもったいないような娘だったわ』

茉莉亜は泡まみれの手を振って、

「そんな、わたし、母さんにそんなふうにいわれちゃうほど立派な人間じゃ……。あ、でもね」

茉莉亜は笑いました。

「あのね、お母さん。わたしね、ラジオで毎週木曜日の夕方にパーソナリティーしてるのよ。『トワイライト・ブーケ』の木曜日。……昔の夢の通りに、ちゃんとマイクの前で話してるよ。アナウンサーにはなれなかったけど、ラジオのお仕事してるの。に、人気あるんだから。すごいのよ」

そのひとはにっこりと笑いました。

『茉莉亜ちゃんなら、きっとそうでしょう。あなたはとびきり素敵な女の子ですもの。あなたのラジオ、聴きたかったなあ、とても残念』

ふふ、と、茉莉亜も笑いました。

「うん。すっごく残念。お母さんにも、わたしのラジオ、聴いてほしかった」

ちょっと待って、と、茉莉亜は流しの引き出しを開けて、中からMDを捜し出しました。

「ここにちょうど先週のオンエア分を録音したものがあるの。いまから再生……」

顔を上げて、振り返ったときには、もうそのひとの姿はどこにもありませんでした。

ただ静かにツリーの灯りが点滅を繰り返すだけで。静かに、花たちが香り、窓の外には雪が降りしきっているだけでした。

桂はこたつの天板に顔を伏せて、あたたかいなあ、と思いながらうたたねをしていました。おなかとこたつ布団の間には、白い子猫が丸くなって眠り、たまにごろごろとのどを鳴らしていました。

耳元では、クリスマスソングが鳴っています。この歌は確か、『スノーマン』の主題歌だったと思います。雪だるまと一緒に、遠く遠く空を飛んで旅していく、あのアニメは大好きでした。原作の絵本も何度も読みましたし、お父さんがDVDを持っているので、きょうだいで何回も見ました。毎年冬には見るので、きっとまた今年も見るでしょう。

古いラジカセのスピーカーの音は、柔らかく丸く深みがあって、ひとの歌声や楽器の音が、すぐそこでうたわれ演奏されているように、優しく響き渡りました。

夢を見ました。夢の中で、桂は正義の魔法使いでした。長いマントをなびかせ、雪が降る空を飛び、白い子猫をお供に、緑の魔法を使って戦うのです。悪い魔法使いの炎の魔法で焼ける村を救い、村一番の美少女（これがなぜかリリカでした）に感謝され、キスをされるのです。真っ赤になって照れると、そこにいた村人1の秋生《あきお》が腕組みをしてむくれ、村人2の翼《つばさ》が、「仕方ないだろう、相手は『生きている都市伝説』だ」と笑いました。

「だからぼくは、妖怪なんかじゃないって」

思わず声を上げて、すると、目が覚めました。子猫が眠そうな顔をして、きょとんとしたように金色の目をまばたきしました。

「……まったく失礼しちゃうよね」

桂は髪をかきあげ、背中を丸めて、ふうっとため息をつきました。

「ぼくはファンタジーは好きだけど、そもそもオカルトはあんまり趣味じゃないんだ。都市伝説とか妖怪とか、幽霊とか嫌いなんだよ」

ふと、耳元で、ささやく声がしました。

『――幽霊、嫌い？』

そこに、肩のすぐうしろに身をかがめていたのは、絵や写真、動画でしか知らないひとでした。でも、それが誰なのか、一目見ただけでわかりました。なぜって、小さい頃から、もしいつかそのひとが家に帰ってきたらなんていおう、といつも想像していたからです。

「お帰りなさい」

桂は笑っていいました。

「お帰りなさい、お母さん。——ぼくは、あの、幽霊を嫌いかどうかは、時と場合によって変わるんです。いまは、むしろ……」

一つ息をついて、言葉を続けました。

「大好きです」

白い子猫を抱きしめて、その匂いをかぐように顔を伏せたのは、涙があふれてきたからでした。泣き虫はやめよう、強くなろうと思ったのに、泣いてしまうなんてだめだ、と思ったからでした。

お母さんの顔を見たいのに、すぐそばにいてくれるそのひとの微笑みを見たいのに、いまの顔ではそれができませんでした。

「ごめんなさい、ごめんなさい、お母さん」

『どうして謝るの？』

「ぼく、こんなに泣き虫で……弱くて」

『弱い子じゃ、ないでしょ？』

お母さんの声がささやきました。

『桂くんは、立派な、強い子よ』

「ぼく……弱い男だよ。全然だめな奴だって、自分でわかってる」

『そんなことないわよ。お母さんは断言できる。だって、ずうっと見ていたもの』

「え？」

桂は涙に濡れた顔を上げました。

そのひとは、優しい微笑みを浮かべ、じっと、桂を見つめていました。

『子猫を水から助けようとして、偉かったわね。中学生のお兄さんを、火事から助けてあげたのも、ヒーローみたいでかっこよかった』

「見ていたの……？」

お母さんはうなずきました。

『お母さん、桂くんのこと、大好きよ』

桂は両手で涙を拭《ふ》きました。

ちゃんと顔を上げて、もう一度お母さんの顔を見ようとして……でも、そのときにはもう、そのひとはそこにはいませんでした。

窓の外には雪が静かに降るばかり。

ラジオではまだ『Walking in the Air』が鳴っていました。まるでいまのことが、夢か、ほんの一瞬の出来事だったというように。

りら子は、雪降る中を、自転車に乗り、小さなブーケを配達してきたところでした。家への近道の、暗い土手の上を走ります。雪がはらはらはらはらと舞い降りてきて、コートのフードをかぶった頭や、肩に冷たく降り積もるので、

「ああもう、うっとうしいなあ」

と文句をいいながら自転車をこいでいました。いい加減おなかがすきました。寒くて手はかじかむし、早いところ温かい家に帰りたいのです。帰り着きさえすれば、今夜はクリスマスのごちそうが待っているはずです。料理上手の茉莉亜が丹精込めて作った、特別なごちそう——目の端で準備するところをちらちらと眺めてきた、あれやこれやが、楽しみで、想像するだけでおなかが鳴りました。

「スープは父さんが好きな、ジャガイモのポタージュにするっていってたかな？　熱々のオニオングラタンスープも用意するっていってたっけ？　メインの鶏肉料理は、にんにく醤油《じょうゆ》につけ込んで、牛蒡《ごぼう》に隠元《いんげん》、グリーンピースにあいびきのひき肉とレバーを巻いてグリルで焼いた、鶏もも肉のチキンロールとか……デザートはチーズ風味のクリームと、メープルシロップを巻いて作って、上等のココアと削ったチョコを散らした、ブッシュド

ノエルとか……ああ」

おなかがすきました。

ケチャップを入れてソースを作る、ちょっと甘いチキンロールは、クリスマスに母さんが良く作っていたごちそうでした。その味を、姉の茉莉亜は上手に再現できるのでした。クリスマスや誰かの誕生日には、きっと登場する、花咲家のごちそうです。

「ごちそうは、いいよね」

りら子は雪の中、白い息を吐きながら、笑います。

さっきブーケを配達に行った、新しい住宅地の一家。そこはこれからクリスマスイブのごちそうを食べるところでした。

花は、その家の子どもたちから、お花が好きなお母さんへの、内緒のクリスマスプレゼントでした。

実は数日前、小さな子ども三人が、それぞれにすこしずつのお金を握りしめて、プレゼントのためのお花を配達してほしい、と、千草苑に頼みに来たのです。お母さんは病気で入院していて、最近退院してきたばかり、お祝いをしてあげたい、というのでした。

たまたまりら子が受け付けたのですが、あわせて千七百円ほどでは、ほんとうはちゃんとした花束は作れるものではありませんでした。そこを上手に、少しだけ咲きすぎた花とか、鉢で売っている花や葉を少しずつ切り、分けてもらったりして、きれいで小さなブーケを作り上げたのでした。おまけに小さなサンタの人形をつければ、とても千七百円には見えない、かわいいブーケが出来ました。何よりもブーケに使われた花や葉たちが、自分たちの「任務」を知って張り切って、きらきらと輝き、良い香りをさせていたのです。

郊外の、真新しい住宅地の、小さな家は、まるでお菓子の家のように、かわいらしい花で囲まれていました。その花たちのささやく声から、この家のお母さんは、ほんとうに緑が好きで、花たちもお母さんのことが大好きなんだなあ、と、りら子にはわかりました。

玄関でチャイムを鳴らし、「千草苑です。お花の配達に来ました」と名乗りました。開いた扉の、玄関の中では、お母さんと小さな子どもたちが、かわいいブーケを喜びました。

お母さんの少しやつれたほほが、ブーケを見て、ふんわりと幸せそうに華やぎ、身をかがめて子どもたちを抱きしめるのを見たとき、りら子は、自分も幸せになりました。ブーケに使われた花たちも、かすかな声で、嬉しそうに歌いました。

まあそのとき、もう一度チャイムが鳴り、うしろから、大きな花束を抱えたそのうちのお父さんが帰ってきたときは、ちょっとだけ、りら子は、げっと思ってしまったのですが。

使われている花と、そのラッピングの感じでざっと予算が八千円から一万円の間の花束だな、と、とっさに目で計算し、使われている、高い蘭や珍しい色の新種の薔薇やらが、偉そうに華やかな歌声でうたっているのを聴きながら、

「……ちょっと悔しいな」

と、つぶやいたりしました。

同じだけの予算、素材を使えば、千草苑ならもっといい花束を作れるのにな、とかつい思ってしまったのです。

でも、振り返れば、りら子の作った千七百円のブーケは、お母さんの手の中で幸せそうに輝いていました。花が好きだというお母さんは、きっと、少ない予算の中で、りら子ががんばってこのブーケを作ったことを、一目見てわかってくれたのでしょう。子どもたちの頭をなで、ブーケを胸に抱くようにして、ありがとう、といってくれました。

りら子は、お母さんと子どもたち、そしてお父さんにお礼をいわれ、自転車に乗って、家路を辿ったのでした。

そのときに、雪が空から舞い降りてきたのでした。

自転車で走りながら、りら子は思い出していました。昔、まだお母さんが生きていた頃、

幼稚園の頃に、店の残り物の花で、花束を作ったことがあったなあ、と。きれいにかわいく作ってプレゼントすると、お母さんはお姫様のように微笑んで、ありがとう、と、いってくれました。抱き寄せて、頭をなでてくれました。お母さんからは、かすかな良い香りがしました。それは本の匂いと洗濯物の香り、そして少しだけつけている、香水の甘い薔薇の匂いでした。それはオンブル・ローズという、昔にはやった、古風な香水の香りでした。

柔らかなお母さんの腕にくるまれているときの、そのときの、甘ったるいような安心なような気持ちが蘇ってきて、りら子は微笑み、ペダルをこぐ足に力を込めました。

「いいブーケが作れてよかったよ、うん」

ひとは死ねばそれきりで、魂はどこかに消えてしまうにしても、こんなふうに記憶が残るのなら、それでいいのかもしれないな、と、りら子は思いました。すべての生き物は、この宇宙を構成している、歯車か細胞のようなもので、その中の小さなひとつであるところのりら子が、お母さんのことを覚えている限りは、宇宙からお母さんは完全に消えたことにはならないのじゃないかなあ、などと思いました。雪に濡れ、凍えながら、そう思い、

「凍死する前に帰らないと……いや、凍死する以前に、おなかすいて死んでしまいそう」

なんてつぶやきながら、必死に走りにくい濡れた土手道を、千草苑に向かって帰って行

ったのでした。雪の中を、自転車のライトが、まっすぐに照らしていました。

びしょ濡れになったので、りら子は裏口から帰ってきました。店の玄関ではなく、中庭の方から入る、台所の方に開いた小さな扉があるのです。

まだ父さんは帰ってきていないのでしょうか。さっき外を通り過ぎたとき、店には灯りがついていたようでしたが、こちら側、台所の明かりは落としてあります。居間の方から音楽が聴こえるので、あちらに誰かいるようです。

「ただいま……」

「寒かったよう」

りら子は羽織っていたコートを脱ぎながら、上に上がりました。板の間なので、濡れた靴下をはいた足が滑りそうになります。あたたかい家の中に入ったとたん、寒気の波が、からだの中を、ぞくぞくっと通り過ぎたような気がしました。

りら子は靴下を脱ぎました。コートと一緒に両手で下げて、隣にある風呂場の洗濯機の横のかごに雑にまとめて入れました。店のお金が入った鞄《かばん》を台所のテーブルの上に置くと、自分の部屋に向かいました。寒くて震えが来て、乾いた暖かい服にすぐに着替えないと、死にそうな気がしたからです。

「とにかく、服……」

部屋の扉を開けて、電気をつけると、そこに――ベッドの横の床に置いた、クッション代わりの座布団の上に、そのひとが座っていました。

りら子を見上げて、『はーい』と、片手をあげて、笑いました。

『お帰りなさい、りらちゃん。お疲れ様』

昔と変わらない、まるで同じ笑顔で。

十年前と、同じ姿で。

「……ただいま」

乾いた声で、りら子は答えました。

濡れたカーディガンをのろのろと脱ぎ、勉強机の椅子に畳んでかけました。フリースの上着にそでを通し、毛糸の靴下をはいて、ゆっくりと、座布団の方を振り返りました。

います。

疲れと飢えと寒さのあまりに見た幻覚かと思いましたが、そのひとはたしかにそこにいて、座布団の上でにこにこと笑っていました。

りら子は、ぎゅっと奥歯をかみしめました。そして、そのひとが座っている座布団と向かい合わせに置いてある、もう一枚の座布団を引き寄せ、その上に勢いよく膝をつき、正

座しました。そのひとと同じ目の高さになり、

「ちょっと、こういうのって、ありなんですか？」

『こういうの、って？』

「つまり……」

りら子は、言葉をつまらせました。しばらくの間黙り込み、そのひとをにらむように見据えてから、やっと、いいました。

「つまり、母さん。あなたはお化けなんですよね？」

『はい。たぶん』

「もっとこう、それらしい再会のシーンを演出するとか」

『それらしいって、どういう？』

「……いや、わたしも幽霊なんて初めて会ったから、よくわからないけど」

『わたしだって、初めて幽霊になったんだもの。どうしたらいいのか知ってるはずが。えと、どうしよう。モダンホラーに出てくる幽霊みたいにすればいいのかしら……？』

いや、もういいですから、と、りら子は頭を抱え、うつむいてため息をつきました。

「……なんでまたいきなりこんなことに」

お母さんはにっこりと笑いました。

『自分でも良くはわかってないの。気がついたら、雪が降るお庭に立っていたの。するとね、ロックガーデンのクリスマスローズたちが、お話ししてくれたの。十年間、祈ってくれてたんですって。わたしがこの家に帰れるように。わたしが造った小さなお庭の花たちが、クリスマスにわたしが帰ってきて、大好きな花咲家のみんなとお話しできますように、って祈ってくれてたんですって。その祈りが通じて、今年魔法の力が生まれたんですって。花たちはお帰りなさい、って、かわいい声でいってくれたわ』

お花の声、初めて聞いたわ、と、嬉しそうに、そのひとはいいました。

「……でも、母さんは」

りら子はつぶやきました。

「花咲家の力は持っていないでしょう？　なんで花たちは力を貸すことが出来たの？」

『いっぱい祈ったんだって、クリスマスローズはいってたわ。ここは花咲家が昔から住む地だから、魔法が生まれやすかったのかも知れない。それに、あなたたち家族がわたしと会いたいと思っていてくれたから、その思いも力になってくれたのかも知れない。

それとね。クリスマスだから、神様が願い事を叶えてくれたのかもしれない』

「わたしは」

りら子は小さな声でいいました。

「わたしは神様なんて信じてないよ?」

『それでもいいのよ』

と、そのひとはいいました。

『わたしは今夜、ここに帰ってきて、りらちゃんとお話ししているの。神様がいてもいなくても、それだけはほんとうのこと』

りら子は、ただその人の声を聞いていました。これ以上自分が何かいおうとしたら、そのひとが目の前から消えてしまいそうで。

『りらちゃん。会いたくて会いたかったりらちゃんとこうして会えた。こんなに強く賢くきれいになって、わたしとお話ししている。それはわたしにとって、世界の何よりも素敵な魔法。神様はいるのかどうかわからない。母さんにだって、わからないの。でもね、わたしはいま、ここにいる。

りらちゃんの前にいるの』

りら子はうつむいていました。心の奥で、何かがほどけてゆくような、凍っていたものが溶けてゆくような気がしました。

でも何も言葉が浮かばないままに、ゆっくりと顔を上げたとき、そこにそのひとはもういませんでした。

でも、りら子はそれが錯覚や幻覚だったとはもう思いませんでした。目の前に残された座布団には誰かが座ったあとのようなくぼみがあり、そして部屋の中にかすかに、本の匂いと洗濯物の匂いと、懐かしい薔薇の香りの香水、オンブル・ローズの匂いが漂っていたからです。

「ただいま」

草太郎さんも、雪に濡れながら、こちらも裏口から帰ってきました。こんなこともあろうかとバッグに入れていたハンドタオルで顔や頭をぬぐい、

「おなかすいたぞう」

といいながら、濡れた靴下を洗濯かごに入れ、濡れたコートをハンガーに掛けて、自分の部屋にさげてゆくと、壁につるしました。

着替えながら部屋のメインのパソコンを立ち上げました。Twitterを開くと、いくつもリプライが飛んできていました。

今日のイベント――FM風早のあの特番の感想がほとんどです。

草太郎さんの言葉が良かった、感動した、なんて温かい言葉が並んでいました。そしてたくさんのメリークリスマス、の挨拶が。

草太郎さんは——風早植物園公式アカウントは、いただいた言葉の一つ一つに、丁寧に、でも楽しげなリプライを返しました。もちろん、クリスマスの挨拶も忘れません。リプライにさらにリプライが返ってきたりしたので、しばらくの間、楽しげな応酬《おうしゅう》が続きました。その間、ずっと草太郎さんは笑顔でした。

「まあね」

草太郎さんは、セーターの上に大きなどてらを羽織りながら、笑いました。

「わかったようなことをいっててもね、実は結構割り切れてなかったりするんだけどね」

パソコンラックには、優音さんの写真が何枚も写真立てに入れて、飾ってありました。その一つを手に取り、微笑みかけた草太郎さんの、その目尻に涙が流れました。

すると、背後に、ふと、誰かの気配がやってきました。覚えのある優しい息づかいを、すぐ後ろで感じました。

懐かしい声が、いいました。

『草太郎さんは昔から、笑いながら泣いていますよね。悲しいときも、さみしくて、心が痛いときも』

振り返ろうとして、振り返れませんでした。懐かしい声は、言葉を続けました。

『わたしが一緒の時は無理をしなくてもいいですよ、って、いつかいわなきゃって思っていたんです。でも、生きている間にはいえなくて。ごめんなさい』

草太郎さんは、そうっと振り返りました。

そこに、そのひとがいました。

そのひとは、笑顔でいいました。

『ありがとう』と。

『子どもたち、みんないい子に育ちましたね。あなたのおかげです。街の皆さんにも、感謝しなくては。そしてあの子たちを見守ってきてくれた、この街の緑たちにも』

「つまり、あの」

『はい？』

「優音、優音さん。あなたは、お化けになって、いまここに戻ってきているわけですね」

『はい。どうやらそういうことみたいです』

ははは、と、草太郎さんは泣きながら笑いました。頭に手をやっておかしくてたまらないというように。でも涙をだらだらと流して。

「きみは天使のようなひとだったからねえ。クリスマスに復活するなんて、とても似合うなあなんて思いましたよ、うん」

困ったように、そのひとは笑いました。

『わたしは天使なんかじゃありませんよ。いまだからいえますけど、わたし、死ぬときそれは悔しかったですもの。なんでわたしが死ななきゃいけないんだって思ってました。世の中にはもっと死んでもいいような誰かがいるはず、なんて。……ばかですねえ。死んでもいい命なんて、世界には一つもないのに。わたしが自分の命を大事に思って、生きていたいと思っているのと同じくらいに、世界中の誰もが自分の命を大事に生きて、死にたくなんかないと思っているんですよね。みんなが地上を離れるとき、わたしのように切ない思いをしたんだわ、きっと』

そのひとは、そっと笑いました。

『いまもどこかで未練があるのかも知れません。わたしは成仏できていないのかも。このままだと未練のあまりまた化けてでてしまいそうです』

「化けてでればいいのに」

と、草太郎さんはいいました。

「何度だってお化けになって、この家に帰ってくればいいんですよ」

でも、そのひとは首をそっと横に振りました。いたずらっぽく笑っていいました。

『わたしはね、天使じゃないですから、意地も見栄もあるんです。未練がましい女だなんて思われたくないの。だからたぶんもう、化けては出ません。わたしのことなんて、だから、忘れちゃっていいんです』

笑顔で言い切って、それからいいえ、と、つぶやきました。ほろりと涙を流して、いいました。

『いいえ、嘘《うそ》です。わたしのこと、ほんとは忘れてほしくなんてないの。だってわたしは草太郎さんが誰かと歩くだけで、きっといまだって嫉妬しちゃうと思うんですもの』

「いやそこがあなたのかわいいところだから、そのままでいいから」

『お化けになっても嫉妬深いなんて、まるで悪霊みたいじゃないですか？　「雨月物語」辺りに出てきそうで、いやなんです。

……でも、それはそれとして』

そのひとはふっと微笑みました。目の端に、光る涙をにじませて。

『わたしという人間がこの地上にいたことを、いつか忘れてしまうことがあるとしても、このことは忘れないでほしいんです。

わたしの方では、みんなを忘れないということを。ずうっとずうっと愛している。この宇宙のどこかで、家族みんなの幸せを祈っているということを。

いつかわたしという存在が完全に消えて、何もなくなってしまう日が来るとしても、その瞬間までわたしは、わたしの愛するひとたちの、家族やこの街のひとたちの幸せを祈り続けているということを。たとえみんなと会えなくても。同じ地上で、この街で同じ風に吹かれ、みんなと同じ空気を吸って生きていけなくても、わたしはみんなのことを思い、みんなのそばにいるのだということを。

そのことを、どうか、忘れないでください』

雪が降る窓の外を見つめながら、そのひとは、静かな声でいいました。

『わたしがそばにいなくても、わたしの姿が見えなくても、わたしはきっとここにいます』

わかっていますよ、と草太郎さんはつぶやきました。涙を流しながら笑いながらつぶやき、めがねをはずして手で顔を覆い、涙と鼻水を拭いて、そしてまた顔を上げたとき——

そのひとはもう、そこにいませんでした。

ただ、若い頃に贈った、古い薔薇の香水の香りが、かすかにそこに残っていました。

花咲家の人々は、ひとりまたひとりと、居間に集まってきました。ぼんやりと互いに何事か思いにふけりながら、ごちそうを食べる準備をしたり、今日は寒かったねえ、とか、ホワイトクリスマスになったねえ、とか、なんとはなしに会話をしたりしました。

やがて、ごちそうを食べる準備もすんで、子どもは甘い子供用のシャンパン、おとなはワイングラスなどを用意して、お疲れ様、などと乾杯をしたあとのことでした。美味しいごちそうをいただきながら、誰からともなく、クリスマスの不思議な訪問者の話をしたのでした。

そしてみんなが、互いの話に、うなずいたり、笑ったり泣いたりもしたのでした。

気がつくと、ずいぶん遅い時間になっていました。ラジオのクリスマスソング特集は終わり、ニュースと天気予報の時間になっていました。明日、クリスマスも雪が降るそうです。花咲家では風邪気味のひとが多く、特にお父さんの草太郎さんは、涙のせいなのか風邪のせいなのかわからないくらい、鼻をぐすぐすいわせていたので、

「卵酒でもあとで作ろうか？」

なんて話を茉莉亜がいいだした、そのときでした。

ふと、庭を見た桂と白い子猫が、そのままじっと雪降る庭を見つめました。

みんながその視線を辿り、庭を見ました。

クリスマスの電飾が、白い雪を色とりどりに照らす庭に、そのひとが立っていました。

白いクリスマスローズが咲き誇る庭に、雪が降り積もる、石畳と砂利の道に、お母さんが、優音さんが微笑んで立っていたのです。

そのひとは、みんなが自分を見ているのがわかると、照れたように笑いました。

そして、ちょっとだけ買い物に行ってくるね、というような感じで、片手をちょっとあげ、ふわりとふると背中を向けて、細い道を歩み去って行きました。

雪が降る中を、静かに遠ざかっていったのです。白いレースが揺らめくように降りしきる雪の中に、溶け込んでゆくように。

そしてやがて、その背中は見えなくなりました。

誰からともなく、花咲家の人々は立ち上がりました。ガラス戸を開け、冷たい空気に身を震わせながら、中庭を見ました。

雪が降りしきる薄闇の中に、身を乗り出しても、もう、そのひとの姿はどこにも見えませんでした。——まるで、最初から、そんな奇跡は存在しなかったかのように。

けれど。

靴下の足で、雪降る庭に降りていったりら子は、ロックガーデンを見て、その奇跡は現実に起きたものだったのだと悟りました。

ロックガーデンの花々が、十年めの、見事に咲き誇っていたクリスマスローズと、かわいらしいコニファー、小さな野草たちが、みんな枯れていたのです。

たぶん、今夜起こした奇跡は、魔法の力は、この花たちの十年分の祈りと、その命すべ

て と引き替えの、大きな奇跡だったのでしょう。

りら子は、そっとしゃがみこみ、倒れた花の首を手に取りました。白い花はふっと、幸せそうな声で笑い、それきり黙り込みました。

りら子はゆっくりと立ち上がりました。

見上げた空からは、はらはらとはらはらと、白い雪が降り続けます。

それは優しい天使の羽根のようでもあり、まるで天上に咲く白い花の花びらが、無限に散って落ちてくる様《さま》のようでもありました。

りら子は、ほんとうに久しぶりのように、そっと涙を流しました。

そして、雪を手のひらに受けて、はるかな天空に向けて微笑みました。

「十二時になったよ」

明るい部屋の方から、桂が呼びました。

「お姉ちゃん、クリスマスになったよ。メリークリスマスいわなきゃ」

ラジオが時報を鳴らしたのでしょう。

りら子は痛いほど冷たく濡れた足で、つま先立ちをして、跳ねるようにしながら、縁側を目指しました。茉莉亜がタオルを手に、待ってくれています。草太郎お父さんが、

「ケーキ、そろそろ食べようじゃないか」

と、くしゃみしながら笑います。

「いいねえいいねえ」

と、木太郎おじいさんが、笑顔でうなずきます。

「メリークリスマス」

と、りら子はいいながら、光の中へ、明るい居間へと帰って行ったのでした。

ラジオはクリスマスになったことを告げ、静かにピアノ曲など鳴らし始めていました。

あとがき

海辺の街、風早《かざはや》の物語は、児童文学作家としてデビューする、それ以前から書いています。なのでもう二十年を超えたほども書いていることになるのでしょうか。

通りのどのあたりをどちらに曲がればどの店があり、誰に会えるとか、私の中ではよくわかっている馴染みの街です。遠い過去、神話の時代から、遥かな未来、宇宙港があるような時代までの歴史があり、そのそれぞれの時代の物語を、これまでいろいろな出版社に何冊もの本として出版していただいてきました。

私の心の中にだけあった街の歴史が、いまは幸福なことにたくさんの読者の皆様に愛していただけているようで、この街の物語についての嬉しい感想をよくいただきます。私自身、この街のお話を書くときは自分が街の中を歩き、空気を呼吸しているような気持ちになって書いているのですが、読者の皆様にもそんな風に街歩きの時間を楽しんでいただけているようで……まるで、自分が造った架空の街が世界のどこかに存在しているような、あるいはいままさにみんなで造り上げているところのような、そんな不思議な気持ちになることも多々。

また、新しくこの街の物語が出版されるごとに、新しくこの街と出会ってくださる読者の方もいらして、そういう方々が既刊のこの街の物語を探してくださって、たくさんある、と喜んでくださるのも私の喜びです。とりあえず児童書として出版されていた時代の物語からすると二十年分ありますので、多少は楽しめるかと思います。もし気が向かれましたら、この街の他の物語もどうぞお楽しみくださいませ。

さて、今回新しく徳間書店さんから本を出していただくこととなり、そしてまた、新しい風早の街の物語を書かせていただくこととなりました。

あの街の歴史に新たにひとつのお店、ひとつの一族が加わることとなりました。花や木と語り、草を操り、枯れ木に花を咲かせる花咲《はなさき》家の人々の物語。どうか皆様に楽しんでいただけますように。

またこの本が私の書くものとの出会いとなった皆様、手にしてくださってありがとうございます。どうかこの本をいくらかでも楽しんでいただけますように。少しでもご趣味にあうといいなあ、と思っております。

花咲家の物語のベースになった設定は、遠い昔、学生時代に生まれたものです。十代の頃、園芸に目覚めました。ベランダにいくつも薔薇《ばら》の鉢《はち》を置き、部屋中に観葉植物をあふれさせ、季節ごとにいろんな花を咲かせた時期がありました。

書店や古書店で花に関する本を買い集め、時間さえあれば読んでいました。あれはたしか中井英夫《なかいひでお》のエッセイ集『薔薇幻視』がきっかけだったと思うのですが、青い薔薇というものに憧れ、それにまつわる物語をいくつか考えました。その時代に、花咲家の子どもたちのベースとなったキャラクターたち、特に女子高生のりら子は生まれていたのでした。

いまこの物語を書いた私はそれから年を重ねましたので、花咲家の大人たち、特に父親の草太郎《そうたろう》さんと同世代です。昔にこの物語を書いていたら、草太郎さんは書けなかったろうなあと思います。

生命というものに関しての草太郎さんの想いは、私のそれとほぼ同じです。思えば生というものは、必ず最後に奪い去られ断絶するものであるとわかっているもので、それがわかっていながら生きなくてはいけない、ある種理不尽なもの。生きるとはこの理不尽さをどう理解し納得し、自分の中で消化していくか学ぶ、その時間のことなのかなと思います。

個人的には、終わりがあるにせよ、生命とは特別なご馳走のようなもの、ありがたく楽しみ、味わい尽くして、その終わりの日に笑顔でご馳走様がいえればいいのかな、と思っています。

ところで先ほど、練り香水が届きました。以前から興味があった武蔵野《むさしの》ワークスの金木犀《きんもくせい》の香りです。

いまちょうど街は金木犀の時期で、そうつまり、今回は金木犀の時期に金木犀が出てくる物語を書いていたわけですが、ここのところずっと忙しくてなかなかリアルな金木犀に会いに行けず。せめて、と金木犀の香水を取り寄せてみました。

耳の後ろにつけて目を閉じたら、花咲家の中庭にいるような気持ちになれるでしょうか?

ちょっと不思議でにぎやかな、花咲家の物語。続きも考えてございます。

今回のお話がお気に召しましたなら、あの家の人々の違う季節の物語にもいつかであっていただけますように。

最後になりましたが、素晴らしい絵をいただけた、カスヤナガトさん、ありがとうございました。一目見て、これはたしかに長女の茉莉亜《まりあ》そのものだ、と思いました。本を華やかに美しくデザインしてくださった、デザイナーのbookwallさん、ありがとうございました。いつも傍らに置きたい本になりました。

校正と校閲の鷗来堂さん、お世話になりました。私より風早の街の地名に詳しくなっていらっしゃるようなみなさんの指摘の鋭さに今回も助けていただきました。

二〇一二年　十月　金木犀の頃に

村山早紀

この作品は徳間文庫のために書下されました。

徳間文庫

花《はな》咲《さき》家《け》の人々《ひとびと》

2012年12月15日 初刷
2015年11月10日 4刷

著者 村《むら》山《やま》早《さ》紀《き》

発行者 平野健一

東京都港区芝大門二—二—二 〒105—8055

発行所 株式会社 徳間書店

電話 編集〇三(五四〇三)四三四九
販売〇四八(四五一)五九六〇

振替 〇〇一四〇—〇—四四三九二

印刷 本郷印刷株式会社

製本 ナショナル製本協同組合

ISBN978-4-19-893638-9 (乱丁、落丁本はお取りかえいたします)